ここで生きる

小料理のどか屋 人情帖15

倉阪鬼一郎

時代小説
二見時代小説文庫

ここで生きる――小料理のどか屋人情帖15

目次

第一章　白魚《しらうお》づくし　7
第二章　鯛浄土　28
第三章　筍《たけのこ》三昧《ざんまい》　52
第四章　市松塩焼き　72
第五章　紅白おろしとほっこり煮　92
第六章　最期《さいご》の豆腐飯　111

第七章　心の茶碗蒸し　138
第八章　初鰹と戻り鰹　156
第九章　山吹焼きと小判焼き　177
第十章　再びの豆腐飯　207
第十一章　出世づくり　235
終章　わらべ巻き　261

第一章　白魚《しらうお》づくし

一

「若い衆にまじって雪かきをやったせいで、腰が痛《いて》えや」

長吉《ちょうきち》がそう言って、右の腰に手をやった。

「はは、まだ若いね、長吉さん」

檜《ひのき》の一枚板の席から、隠居の大橋季川《おおはしきせん》が声をかけた。

「雪かきなんて、お弟子さんたちに任せとけばいいのに」

半ばあきれたようにおちよが言った。

ここは横山町《よこやまちょう》ののどか屋――。

先の大火で岩本町《いわもとちょう》から焼け出されたあと、江戸でただ一軒の「旅籠《はたご》付きの小料理屋」として、のどか屋は再びのれんを出した。

見世《みせ》を手伝ってくれているおけいのほかに、娘たちも雇い入れ、小料理屋も旅籠もなかなかの繁盛ぶりを見せている。

「んなこと言ったって、雪かきをしなきゃ道を通れねえ。うちの見世だけの話じゃねえからな」

おちよの父の長吉は、そう言ってまた二の腕をさすった。

「うちも、ご近所と一緒に総出でやりましたよ」

のどか屋のあるじの時吉《ときち》が言った。

長吉は料理の師匠に当たる。時吉の「吉」の一字は師から受け継いだ。時吉ばかりではない。長吉屋で修業をした者は、みな「吉名乗り」をするのが習いだった。

「ほんに、大変だったね。雪をどけないことには、お客さんが中に入ってこられないわけだから」

隠居の隣で、旅籠の元締めの信兵衛《しんべえ》が言った。

のどか屋ばかりでなく、この界隈《かいわい》に何軒も旅籠を持っている。とはいえ、呑み食いができるのはのどか屋だけだから、昼膳と中休みが終わった二幕目にふらりとのれんをくぐることが多かった。

「まあ、ずいぶんと降りやがったもんだ、雪の野郎」

長吉は顔をしかめ、隠居から注《つ》がれた猪口《ちょく》の酒をくいと呑んだ。

池田《いけだ》の下り酒だ。南茅場町《みなみかやばちょう》の鴻池屋《こうのいけや》から仕入れた上等の酒で、いたく評判がいい。

俳諧師《はいかいし》でもある隠居の季川は、この酒を味わいながら即興でこう詠《よ》んだほどだ。

燗酒《かんざけ》や五臓六腑《ごぞうろっぷ》に泉わく

「二月（旧暦）になったとたんに大雪だったからねえ」

その隠居が言った。

「ゆきかき、千《せん》ちゃんもしたよ」

座敷からかわいい声が響いた。

のどか屋の跡取り息子の千吉《せんきち》だ。厨《くりや》の壁には、二十年後、千吉がひとかどの料理人になって腕をふるっている似面《にづら》が貼られている。縁あってのどか屋に逗留していたおなおという娘が描いてくれたものだ。

「そうか、えれえな」

孫を猫かわいがりしている長吉が笑った。ふだんはこわもての料理人だが、笑うと目尻にいくつもしわが寄る。

「千坊のおかげで、棒手振《ぼてふ》りも通れるようになったんだ。いい働きだったな」

もう一人、一枚板の端に陣取っている男がいた。野菜の棒手振りの富八《とみはち》だ。岩本町のころからのなじみで、活きのいい野菜を運んでくれる。ほかにもさまざまな仕入れ先に支えられて、のどか屋は「ほっこり宿」としての評判を少しずつ高めていた。

「うん、がんばったよ」

千吉は胸を張った。

本当は途中で雪だるまをつくりだし、いないほうがよほど雪かきがはかどったくらいだったのだが、まあそういうことにしておいた。

「さて、弟子といえば、今日はちょいと頼みごとがあってな」

長吉がそう言って、常節《とこぶし》の味噌漬けを口に運んだ。

常節は貝のなかでも通《つう》好みだ。ことにのどか屋の味噌漬けは、絶品の酒の肴《さかな》と言われている。

塩を惜しまず振ってよく洗い、まず酒蒸《さかむ》しにする。それから身を外し、わたやひもなどをきれいに取り除く。

これだけでも肴になるのだが、冷《さ》ましてから水気をふき、味噌床に一刻《いっとき》（約二時間）ほど漬けてやると、常節がきれいな着物をまとったような按配《あんばい》になる。頃合いを見て味噌を落とし、そぎ切りにすれば出来上がりだ。

「頼みごと、と言いますと？」

厨《くりや》で手を動かしながら、時吉はたずねた。

「おれも、もう歳だ。五十になったら、お迎えもそう遠くねえ」

肝心のことは言わず、長吉は愚痴《ぐち》をこぼしはじめた。

「そんなことを言われたら、わたしの立つ瀬がないよ」

隠居がすかさず言ったから、座敷の拭き掃除をしていたおけいまで笑い声をあげた。

「ご隠居は、もう人じゃなくなってるようなもんですから」

「おいおい、天狗《てんぐ》やもののけみたいに言わないでおくれ」

隠居の言葉に、また和気が満ちる。

「まあしかし、むかしみてえに体が動かなくなってきちまった。それと、五十になると、妙に気が短くなってきてな」

「前から長いほうじゃなかったけど」

おちよが口をはさむ。

「言うじゃねえか、ちっ」

父が舌打ちをする。

「で、頼みごとというのは何でしょうか」

時吉は話を本筋に戻すと、音がいい按配に小さくなってきていた白魚《しらうお》の天麩羅《てんぷら》をさっと上げた。

「ああ、そうだったな」

長吉は座り直して続けた。

「弟子を一人、面倒見てくんねえかと思ってな」

「うちで？」

と、おちよが訊く。

「大磯《おおいそ》の富士家《ふじや》っていう船宿の跡取り息子で、一人前にしてくれと縁のあるおやっさんから頼まれて引き受けたんだが、どうもよろずにはっきりしたところがねえし、腕も甘え」

長吉は首をひねった。

「その見習いさんをうちで鍛えろということですね。……はい、お待ち」

旬の白魚は天麩羅がうまい。なかには二杯酢で活きたままおどり食いをさせる見世もあるが、料理人としては技を一つでも入れて出したいところだ。そこで、のどか屋では天麩羅や品のいい白魚丼《どん》などにしていた。

「そのとおりだ。由吉《よしきち》っていうやつなんだが、柳みてえになよなよしてやがるもんで、さっきも言ったとおりおれは気が短くなってるもんだから、叱り飛ばして出て行けなんぞと言いかねねえもんでな」

長吉はいったん言葉を切り、白魚の天麩羅をさくっとかんだ。

「うめえ」

声をあげたのは富八だった。

「さっきの辛煮《からに》もうまかったが、これも絶品だね」

隠居も和す。

「ほんに、口の中でとろけていくみたいです」

元締めの信兵衛もうなった。

「ありがたく存じます」

厨から、時吉は頭を下げた。

「辛煮は佃島《つくだじま》の小魚売りから教わったんだってな」

と、長吉。

「ええ。売れ残ったものはどうするのかとたずねたら、たまり醬油と塩で辛めに煮て、日もちがするようにしていると聞いたもので、試しにつくってみたんです」

「酒の肴にはちょうど按配がいいね」

隠居の白い眉がうごく。

「ありゃあ、飯にのっけてもなかなかいけましたぜ」

野菜の棒手振りも笑った。

「なら、由吉が来たら教えてやれ。大磯だったら、獲ってきた小魚でつくって出せるだろう」

「承知しました。ずいぶんと按配がいいし、つくりやすいので」

「だったら、これから存外に流行《はや》るかもしれないわね」

勘の鋭いおちよの言ったとおりになった。

佃島の漁師が考案した小魚や貝などの辛煮は、ほどなく「佃煮」と呼ばれるようになった。

天保《てんぽう》年間（一八三〇―一八四三）には、田中屋《たなかや》などの佃煮屋が生まれ、あっというまに地方にも広まった。なにぶん日もちがするものだから、参勤交代の武士たちがこれ幸いとばかりに田舎へ持ち帰ったためだと言われている。

「まあ、一時《いっとき》は白魚なんて畏《おそ》れ多くて食べられないとか言われたものだがね」

「いまはこうやって、わたしらもおいしくいただいてます」

隠居と元締めが箸を動かす。

「なんでまた、白魚なんかが畏れ多かったんです？」

富八がけげんそうに問うた。

「白魚ってのはね」

隠居が箸を置いてから続けた。

「頭が透けて見えるだろう？　そこをよくよく見ると、葵《あおい》の御紋《ごもん》に似てるんだ」

「へえ、そりゃ初耳だ。たしかに畏れ多いですね。こっちの胡瓜《きゅうり》みてえなもんだ」

野菜の棒手振りがうなずく。

「胡瓜も畏れ多いんですか？」

座敷の掃除を終えたおけいが、けげんそうな顔つきになった。

のどか屋で働いている女たちのうちいちばん年かさで、なにかと頼りになる。

「切ると葵の御紋が出るからね。なかには、三日天下の明智光秀《あけちみつひで》の桔梗《ききょう》の御紋に似てるっていう人もいる」

物知りの隠居が告げた。

「へえ、そうなんですね」

おけいは感心の面持ちになった。

「むかしは胡瓜なんて食わなかった。苦みが毒だとか、体を冷やすとか言われてな。そのせいか、おれはいまだに胡瓜には手が伸びねえ」

と、長吉。

「うちは富八さんから仕入れて、冷やし麺や漬物などに使ってるけど」

おちよがすぐさま答える。

「ありがてえこって」

富八が両手を合わせた。

「ことに、たたいた胡瓜を胡麻油《ごまあぶら》と酢の地に漬けて胡麻を振った和《あ》え物《もの》は、なかなかのご好評をいただいてます」

時吉が言った。

「あれは輪切りの唐辛子《とうがらし》が入っていて、ぴりっと辛くておいしいね」

信兵衛が笑みを浮かべたとき、旅籠に通じるほうの小さなのれんがふっと開いた。

「おっ、お客さんだね」

旅籠の元締めの表情が、やんわりと崩れた。

二

「お客さま、ご案内です」

明るめの柿色の着物をまとった娘が笑顔で告げた。

旅籠付きの小料理のどか屋を手伝っているおそめだ。もう一人、おしんという娘も忙しいときは手伝いに来る。そのあたりは、元締めの信兵衛がうまく回るように細かく気を遣っていた。

「ご苦労さま。二階でも大丈夫かしら」

おちよが言った。

「ええ。秩父《ちちぶ》から江戸見物に見えたご夫婦で、足腰はしっかりしておられますので」

おそめは、はきはきと答えた。

「じゃあ、ご案内してきます」

おけいがそう言って動くと、帯につけた鈴がしゃらんと音を立てた。

その音に釣られたのか、丸まって寝ていた茶白の縞《しま》のある猫がむくむくと起き上がり、ふわあっとあくびをした。

のどか屋の守り神ののどかだ。その娘で、同じ柄のちの。さらにその娘で、目の青い白猫のゆき。のどか屋には三代にわたる猫が三匹そろっている。見世の前に置かれた酒樽の上で太平楽に寝ているさまはいかにも心地良さそうで、図らずも旅籠の客引きをやっているようなものだった。

のどか、ちの、ゆき。

のどか屋の猫はみんな雌だ。このままではむやみに子猫が増えて猫だらけになってしまうところだが、心配は要らない。

(のどか屋の猫は福猫だ。もらって飼うと運が向く)

いつしかそんなうわさが立ち、客の口から口へと話が伝えられて、江戸じゅうから猫のもらい手が現れるようになった。

なかには、飼ってかわいがると偽っていじめたりする不届き者がいるといううわさを聞いた。そこで、慎重に人となりを見定め、念書を入れて子猫を渡し、末長くかわいがってもらうようにと一匹ずつ心をこめて送り出していた。

そのおかげで、のどか屋は「猫縁者」がずいぶん増えた。そういった人たちは折にふれてのれんをくぐり、子猫の成長ぶりを伝えたりしてくれるから、やはりのどか屋の猫たちは福猫らしい。

「二階の手前の奥へお願いね」

おちよがおけいに声をかけた。

「承知しました」

例の大火のなかを一緒に逃げてきたおけいは、明るい笑顔で答えた。

息子の善松《ぜんまつ》を長屋の衆に預け、夕方までのどか屋を手伝ってくれている。もともと信兵衛の旅籠で働いていたから、客あしらいは慣れたものだ。旅籠を始めるにあたって雇ったおそめとおしんの教え役としてもよく働いてくれる。

客の部屋は六つある。一階の小料理屋の並びが一つ、二階が五つだ。

五つとはいやに半端だが、のどか屋の家族が寝る部屋も要り用だ。二階の奥の一部屋はそのために使い、あとの五つを客の部屋にしていた。

一階の部屋は、階段を上るのが難儀な客のためにつくった。絵図面をいくらかしくじったせいで階段が急になってしまい、あわててゆるい階段をもう一つこしらえたのだが、それでも足弱の年寄りは難儀をする。

そこで、一階の部屋はなるたけ最後まで空《あ》けておいて、いちばんふさわしい客に提供しようと示し合わせていた。料理なら、歯の弱っていそうな客にはむやみに堅いものを出さない。そういった細かな心遣いが、見世の評判につながっていく。

「秩父か……妙な巡り合わせだな」

長吉が感慨深げな面持ちになった。

「妙な巡り合わせって？」

おちよがたずねる。

「実は、おめえのおっかさんが昨日、夢枕に立ちやがってな」

長吉は思いがけないことを口走った。

「おっかさんが？」

おちよが驚いたような顔つきになった。

おちよの母は、急なはやり病《やまい》で若くして亡くなってしまった。その後、長吉は後妻をもらうこともなく、弟子たちとともにずっと長吉屋を切り盛りしている。

「そうだ。いやに生々しい姿で、『あんた、秩父の札所《ふだしょ》参りへ行きたかったね』って言いやがるんだ」

「かねてより、秩父の札所参りへ行きたいと言ってらっしゃったんですか？」

平目の肴をつくりながら、時吉はたずねた。

ふしぎな縁で時吉がおちよと知り合ったとき、その母はもうこの世にいなかった。

「おれもころっと忘れてた」

古参の料理人はそう言って、猪口の酒を苦そうに呑み干した。

「そう言や、あいつはそんなことを言ってた、とだしぬけに思い出した。はやり病にかかっちまったせいで、とうとう秩父にゃ行けなかった。それが心残りで、いまごろになって夢枕に立ちやがったのかねえ」

長吉は首をひねった。

「だったら、暇を見て、形見の品を持って出かけたらどう？」

おちよが水を向けた。

「秩父へか」

「うん」

おちよがうなずく。

「うちの見世を、たとえば時吉がやってくれるのなら、草鞋《わらじ》を履《は》くこともできるだろうがな」

長吉はにわかに腕組みをした。

「のどか屋はどうするんです？」

いくらか案じ顔で、元締めの信兵衛がたずねた。

「そりゃあ、ちよに任せるしかねえな。料理人の娘なんだから」

「だって、旅籠もあるじゃないの」

おちよがそう答えたとき、おけいとおそめがせわしなく戻ってきた。

「もうお一組、ご案内です」

「わたしはお茶をお持ちしますので」

そろいの着物をまとった、おけいとおそめが言った。

ほうぼうに「の」の字を散らした柿色の着物に桜色の帯、それに鮮やかな茜《あかね》の襷《たすき》。さらに、あたたかな色合いのつまみ簪《かんざし》と帯につけた鈴。のどか屋の女たちは、いやでも目立つ華やいだいで立ちをしている。

ちなみに、鈴をつけたのは酔った客が娘たちに狼藉《ろうぜき》を働いたりすることを慮《おもんぱか》ったためだが、大年増《おおどしま》のおちよとおけいまで念のために身につけていた。

「なら、わたしもご案内を手伝うわ。……ほら、こんなに忙しいんだから、無理だってば、おとっつぁん」

おちよは小声で長吉に言うと、「いらっしゃいましー」と声を発しながら客を出迎えにいった。

三

客の案内が一段落したところで、次の肴が出た。

平目の三種盛りだ。

身がきゅっと締まった江戸前の平目は、そぎづくりにしてやるとことのほかうまい。時吉はさらに、ここに縁側《えんがわ》と肝《きも》も添えて三種盛りにした。縁側も身と同じく、皮を引いて食べよい幅に切る。

肝はもうひと手間が必要だ。さっと塩を振って四半刻《しはんとき》足らず置き、ほどよくゆでて水に落とす。こうしてやると、臭みがうまみに変わってくれる。あとは水気を切り、口に合う大きさに切れば出来上がりだ。

「どうもこれは、箸が迷うね」

隠居の眉が、またぴくりと動いた。

「それぞれに食べ味が違って、酒の肴にはこたえられないです」

元締めが和す。

「でけえ平目のうめえところだけを選《よ》って、ぐっと小鉢の中へ縮めてやったような按配ですね」

野菜の棒手振りが身ぶりをまじえて言った。

「土佐醤油《ときじようゆ》がまた合うじゃないか」

隠居の箸は止まらない。

「肝はさっと醤油で和えるだけでもうめえがな」

長吉がひと言添える。

「秩父へ出かけちゃったら、こんな海の恵みのおいしいものは食べられないわよ、おとっつぁん」

「何言ってんだ、山には山のうめえもんがあらあな」

おちよに向かって、父はすぐさま答えた。

「ちちぶ、って、ふかがわ、よりとおいの？」

千吉が無邪気にたずねたから、のどか屋に和気が満ちた。

「そりゃあ、深川よりはちょいと遠いな、千坊」

富八が笑いながら言った。

先だって、深川の八幡宮へお参りに行き、角《かど》の立ったうまい蕎麦《そば》をたぐって帰ってきた。千吉は深川がずいぶんと気に入ったようだ。

「そのうち、つれてってもらいな」

隠居の言葉に、長吉がすぐさま乗った。

「だったら、じいじと一緒に秩父へ行くか？」

千吉はいくらか迷ってから首を横に振った。

「だって、千ちゃん、のどか屋のおてつだいがあるもん」

その答えを聞いて、また見世がどっとわいた。

「そりゃ、千ちゃんの呼び込みにはかなわないから」

戻ってきたおけいが笑った。

「包丁の稽古もあるからな」

富八が身ぶりで示す。

「うん」

のどか屋の跡取り息子は力強くうなずいた。

「まあしかし、おしんちゃんを常雇《じょうやと》いにして、もう一人助っ人を出せば、時吉さんがしばらく長吉屋へ行ってもどうにかなるかもしれませんね」

こりこりした平目の縁側をうまそうに食してから、元締めの信兵衛が言った。

「ま、あとを託す料理人の腕が心もとねえが」

長吉がおちよを見た。

「朝と昼の豆腐飯とかは、上手につくれるから」

おちよは不満げな顔つきだ。

筋のいい豆腐屋から仕入れる木綿豆腐を甘辛く煮て、炊きたての飯の上に乗せて食べる豆腐飯は、旅籠付きの小料理のどか屋の看板料理の一つになった。

まず豆腐の上のほうを匙《さじ》ですくっていただき、しかるのちに、存分に味のしみた豆腐と飯をまぜてわしわしと食す。粉山椒《こなざんしょう》や一味唐辛子《いちみとうがらし》を好みで振ると、さらにうまさが引き立つ。

これに、味噌汁と香の物、さらに焼き魚か煮魚、野菜の小鉢までついてくるのだから、朝の膳を目当てに泊まる客までいるくらいだった。

「包丁仕事は、ちよのほうがうまいくらいですから」

時吉が女房を持ち上げた。

「煮物の味とかがぶれるのが玉に瑕だが、刺し身を出したり、干物をあぶったりする分にゃ、大きなしくじりはねえだろう」

「なら、やっぱり秩父の札所巡りに行くの？　おとっつぁん」

おちよが問う。

「せっかくあいつが夢枕に立ったんだ。いい按配のときを見計らって頼むかもしれねえ。まあ、それより……」

長吉は座り直してから続けた。

「大磯の由吉を頼む。性根を入れ直してやってくれ。おれはもうそろそろひっぱたいて『出て行け』と引導を渡しちまいそうだから」

師匠の言葉に、時吉は一つうなずいてから答えた。

「承知しました。教え役をやらせていただきます」

第二章　鯛浄土

一

翌《あく》る日、のどか屋の二幕目が始まり、旅籠に客が入りはじめたころ、前の通りで一人の若者が足を止めた。

風呂敷包みを背負った若者は、のれんをくぐろうとしてきびすを返し、また思い直したかのように見世に近づいてきた。

表では、わらべが一人、毬《まり》遊びをしていた。

一は鰯《いわし》のつみれ汁……

二は煮魚《にざかな》とりどりに……

三は秋刀魚《さんま》の蒲焼《かばや》きで……

聞き馴れない歌詞だが、それもそのはず、おちよがつくった替え唄だった。

その唄に合わせて、千吉が器用に二つの毬を操ってお手玉をする。毬が上がるたびに、猫たちの前足がつられてひょいひょいと動く。

おのずと笑みがこぼれるような光景だが、若者の表情はかたいままだった。

「もし」

うしろから声がかかった。

振り向くと、同じように風呂敷包みを背負った男が立っていた。

「こちらに何か御用でしょうか」

澄んだ目をした若者が問うた。

「いえ……は、はい……のどか屋へ、修業に行けと言われて」

大磯の船宿の息子は、あいまいな顔つきで答えた。

「そうですか。では、ご案内します」

如才なくそう答えたのは、浅草の小間物問屋、美濃屋《みのや》の手代の多助《たすけ》だった。

縁あって、のどか屋にもこまごまとした品を納めている。手伝いの娘のおそめとは恋仲で、いずれはともに小間物屋をという絵図面までできあがっているようだった。

「あ、はい……」

はかばかしい受け答えができない蒼白い顔の若者は、わずかに頭を下げた。

「千坊、上手だね」

多助が声をかける。

「こんにちは」

千吉は元気よく返事をして、ひときわ高く毬をほうり上げた。

二

「師匠から聞いていたよ。夜はそこで寝てくれ」

時吉が座敷を手で示した。

「旅籠だから、夜具はたくさんありますからね」

おちよが笑みを浮かべる。

「は、はい……」

修業に来た由吉は、目を合わせずに小声で答えた。

「時さんは手だれの料理人だから、何でも教わるといいよ」

今日も一枚板の席に陣取っている隠居が笑みを浮かべた。

「では、新たな紅葉袋《もみじぶくろ》と手ぬぐいを納めさせていただきましたので」

小間物問屋の手代が笑顔で告げにきた。

由吉とは同年輩のようだが、人当たりがまったく違う。

「ご苦労さま。美濃屋さんの紅葉袋はお客さまに好評で、持ち帰りを所望《しょもう》される方も多いもので」

おちよが言った。

紅葉袋とは、湯屋で使うぬか袋のことだ。むろん湯屋にも備えはあるが、宿に備えがあれば重宝《ちょうほう》だ。

そこで、美濃屋の手代に頼んで茜木綿《あかねもめん》に「の」の字を染め抜いたものをこしらえてもらったところ、ずいぶんと好評をいただいていた。

「ありがたく存じます。小間物屋冥利《みょうり》に尽きます」

多助はていねいに腰を折った。

そのうしろで、おそめがもう半ば女房のような顔で付き従っていた。ともにつとめがあるからなかなか時を合わせるのが難しいようだが、こうして一緒にいると周りにまでほわっとした感じが伝わってくる。

「いまは手が空いてるから、いいわよ、おそめちゃん」

おちよが言うと、のどか屋の手伝いの娘は笑ってこくりとうなずいた。

「では、また何かありましたら、よしなにお願いいたします」

多助は立て板に水で言って、いそいそとおそめとともに出ていった。客の案内を終えたおけいもほほ笑ましそうに見送る。

「なら、さっそく包丁さばきを見せてもらおうか」

若い二人が出ていったところで、時吉が声をかけた。

由吉は聞き取れないほど小さな返事をし、さらしに巻いた包丁を取り出した。

「ちょいと見せてみな」

時吉は道具をあらためてみた。

「いくらか研ぎが甘いな。包丁は料理人の命だぞ。しっかり気を入れて研げ。使うのは、それからだ」

「は、はい……」

半ば泣きそうな顔で、由吉は答えた。

修業に入った若者が包丁を研いでいると、表でにぎやかな声が響き、二人の客が入ってきた。

「おっ、なんでえ、新入りかい？」

大きな声を発したのは、岩本町の湯屋のあるじの寅次《とらじ》だった。のどか屋が岩本町にあったときからの常連で、いまも折にふれて足を運んでくれる。

「師匠から頼まれましてね。大磯の船宿の跡取り息子さんです」

時吉は答えた。

「へえ、大磯の」

そう言ったのは吉太郎《きちたろう》。寅次にとっては娘婿《むすめむこ》にあたる。焼けてしまった岩本町ののどか屋のところに細工寿司とおにぎりの見世「小菊《こぎく》」を移転させ、おかみのおとせとともに繁盛させていた。

「名乗るのもつとめのうちだぞ」

何も言わない弟子を見かねて、時吉が声をかけた。

「はい……由吉です」

気のない声で、由吉はやっとわが名を告げた。

おちよと時吉の目と目が合った。

（あんまり気が長くないおとっつぁんが、怒鳴って長吉屋から追い出したくなるのも

分かるわね)

おちよの顔には、そうかいてあった。

「『小菊』は休みかい?」

隠居が吉太郎に声をかけた。

「はい。おとせは岩兵衛《いわべえ》の守《も》りをしてます」

吉太郎は昨年生まれたわが子の名を出した。

「岩兵衛ちゃんも、みけちゃんも元気にしていますか?」

おちよが問う。

みけはのどか屋の猫だったのだが、俗に言う「家についていて」、いまは「小菊」の猫になっている。

「おかげさまで。みけはすっかり人気者になって、お客さんたちにかわいがってもらっていますよ」

吉太郎が伝えると、みなが笑みを浮かべた。

そうこうしているうちに、一枚板の席ばかりでなく、座敷にも客が入った。流山《ながれやま》から来た味醂《みりん》の醸造元の大旦那と手代だ。江戸へ来るたびにのどか屋に泊まってくれるありがたい客はいくたりもできた。

「お二階の手前でよろしゅうございますか？」

「お荷物をお運びします」

おちよとおけいが華やいだ声を出した。

「眺めのいい部屋だね。荷物はあとで運ぶから。ちょいと見本の瓶が入ってるから重いので」

福耳の醸造元が笑みを浮かべて言った。

「でも、大旦那様、ここに荷を置いておくと場所をふさいでしまいます」

と、手代。

「そうだな。気が回るじゃないか」

「お相席の方に悪いですから」

「なら、悪いけど運んでくれるかな。酒が入ると、なおさら足元がおぼつかなくなってしまうから」

醸造元の大旦那が言った。

「承知しました」

「わたしたち、力があるので」

おけいが力こぶをつくってみせる。

そこへおそめも戻ってきた。客の荷は、たちまち二階へ運ばれていった。

「老いては子に従え、のようなものですね」

隠居が一枚板の席から声をかける。

「そのとおりです、ご隠居」

面識のある隠居に向かって、流山の大旦那が言った。

「若いものがいるからこそ、のれんが続いていきますので。ありがたいことですよ。ところで……こちらにも若い人が入ったんですね？」

大旦那は厨を指さした。

「ちょうどいまから修業を始めるところなんです」

時吉が答えた。

「ほう。そりゃあ、いいところにうかがったね」

「さっそくおいしいものを頂戴しましょう、大旦那様」

「何ができるかい？」

客は少し身を乗り出した。

「今日はいい鯛がたくさん入りまして、昼の膳は鯛飯にさせていただきました。まだ一尾残っておりますので、弟子にさばかせてみせたいですが」

「おう、そりゃいいね。鯛の刺し身は好物なんだ」

大旦那の表情が和らぐ。

「それなら、喜んでお相伴《しょうばん》にあずからせていただきます」

若い手代が調子よく言った。

「なら、こいつを……」

水を張った奥のたらいから、時吉は最後に残った鯛を取り出し、まな板の上に置いた。

残り物とはいえ、まだ尻尾がぴんと張っている。造りにしたら、見るからにうまそうな鯛だ。

「いま研いだばかりの包丁でさばいてくれるかな。出刃《でば》と柳刃《やなぎば》で、まずは五枚におろしてくれ」

時吉はそう告げたが、修業に来た若者はあいまいな顔つきのままだった。

「さばき方が分からないんですか？」

吉太郎が一枚板の席から問う。

由吉は言葉を発せず、黙ったまま首を横に振った。

「師匠のとこで教わってるだろう。そもそも、大磯の船宿の息子なんだから、魚がさばけなきゃおかしいじゃないか」

時吉がいぶかしげに言った。

「みんなが見てるから、ちょいとやりにくいかい」

岩本町のお祭り男が声をかけたが、由吉ははかばかしい返事をしなかった。

「せっかく修業に来たんだ。手を動かさないと始まらないぞ」

時吉はじれたように言った。

それを聞いて、出刃包丁を握ったまま、由吉は意を決したように口を開いた。

修業に来た若者が口走ったのは、実に意外な言葉だった。

由吉はこう言った。

「鯛が……かわいそうで」

三

「かわいそう、ですって?」

戻ってきたおちよが話を聞いて、たちまち目を丸くした。

「かわいそうって、もうこの鯛は生きちゃいないぞ」

時吉はあきれたように言った。

「はあ……」

修業に来た若者は、いまにも泣きだしそうな顔つきになっていた。

「板前がそんなことを言ってちゃ、話にならないね」

温顔の隠居まで、ややむっとした顔で言った。

「何か神信心でもしてるのかい。生《しょう》のものを殺《あや》めたら障《さわ》りがあるとか、願《がん》が叶《かな》わないとか」

寅次が問うた。

「いえ……」

蚊の鳴くような声で、由吉は答えた。

「とにかく、この鯛を海に戻したって、すいすい泳ぎだすわけじゃないだろう？」

時吉が身ぶりをまじえて言う。

「おいらは……泳ぎが得意で」

由吉が間《ま》のずれたことを口走ったから、おけいがぽかんと口を開けた。

流山の味醂づくりの主従が顔を見合わせる。これではいつになったら鯛の刺し身にありつけるか分からない。

「おまえのことを訊いてるんじゃない」

時吉の語気が珍しく荒くなった。

「あ、はい……」

由吉は目を合わせようとしなかった。

「生のものを使うときは、正しく成仏《じょうぶつ》させてやることが料理人の心得だ」

時吉はさとすように言った。

「命を取って料理に使うんだから、まずいものをつくったりしたら罰《ばち》が当たる。どうあってもうまいものにしてやらなきゃと、一つ気合を入れてから包丁を入れるんだ。見てな」

時吉はそう言うと、わが包丁で手本を見せた。

気合の入った包丁さばきで、まず頭と尾を落とし、腹を開いて血合いを抜く。片身をおろし、もう片方の身もおろしていく。

「これだけで銭が取れるね」

寅次が言った。

「鯛の身のほうから、すんなりと外れていっているみたいです」

吉太郎もうなる。

由吉はかたい表情のまま、時吉の包丁さばきを見守っていた。まだ何か心に引っかかりがある様子だった。

流れるような手さばきが続いた。

腹骨を取り、背身と腹身に分ける。皮を器用に引けば、五枚おろしの出来上がりだ。

「まずは、平造りに」

時吉が言った。

「いいね」

隠居が笑みを浮かべる。

「やるか？」

時吉が由吉に声をかけると、修業に来た若者は意外にも首を縦に振った。

「なら、やってみろ」

時吉は場所を譲った。

鯛の上身の皮目を上にし、薄いほうを手前に置く。そして、包丁を手前に引きながら切り分け、一切れごとに脇へ送っていく。

むろん、時吉よりうまいというわけではないが、なかなかに堂に入った包丁さばきだった。

「うめえじゃねえか」

寅次が意外そうに言った。

「ちゃんと幅もそろってます」

吉太郎ものぞきこんで和す。

「切り身になってれば、べつにかまわないのか？」

時吉がたずねた。

「はい……尾頭《おかしら》のついてる魚に包丁を入れるのは、かわいそうで」

「気が優しすぎるのよ、由吉さん」

おちよが声をかけた。

「命を取るわけじゃなくて、かたちを変えていくわけだから」

「かたちを変える？」

由吉は腑《ふ》に落ちない顔で問うた。

「そう。お魚はおいしいお料理になって、お客さんの胃の腑に落ちていく。それが心をほっこりさせて、身の養いになっていくの。こうして、お魚から人へと、命のかたちが変わっていくのよ」

「そのあたりをうまく変えていくのが料理人のつとめだ」

時吉が言葉を添えた。

「はい……」

由吉はうなずいたが、まだ声は小さかった。

「お待たせしちゃいけない。山葵《わさび》をおろしてくれ」

時吉は仕上げにかかった。

刺し身醬油には煎酒《いりざけ》と、のどか屋自慢の「命のたれ」を少し加える。これでいちだんと風味が増す。

「お待たせしました。鯛の平造りでございます」

おけいが座敷に運んでいった。

「あら煮と骨せんべいもご用意できますが、いかがいたしましょう」

おちよが声をかける。

「ほねせんべい、ちょうだい」

千吉が先に手を出した。

「お客さまのほうが先でしょ？」

「だって……」

ぱりぱりと香ばしい骨せんべいは千吉の好物だ。足の骨にもいいから、日頃より好んで与えている。

「はは、せんべいはいいから、千ちゃんにやっておくれ」

味醂づくりの大旦那が笑った。

「やったあ」

わらべが両手を挙げる。

「やったあ、じゃないでしょ。ちゃんと御礼を言いなさい」

母がたしなめると、千吉は急に神妙な顔つきになった。

そして、改まったしぐさで座敷に向かって礼をしながら言った。

「まいど、ありがたくぞんじました」

それを聞いて、のどか屋にどっと笑いがわいた。

四

平造りに続き、そぎ造りも由吉にやらせてみた。

平造りより薄いので、包丁を斜めに入れなければならない。盛り方にも気を遣う、なかなかにむずかしい技だが、本当の名は由造《よしぞう》という若者はぬかりなくこなしていた。

「いいだろう」

時吉はうなずいた。

「お出ししな」

「へい……お待ちどおさまで」

一枚板の席に、由吉はおずおずと小皿を置いた。

「意気が揚《あ》がらねえな。もっと肚《はら》から声を出しな。『へい、お待ちどおさま！』ってよ」

岩本町のお祭り男が、わが声で手本を示す。

湯屋の寅次が巻き舌で発する「らっしゃい！」という声を聞いただけで垢《あか》が落ちる、とはもっぱらの評判だ。

「はあ……」

由吉は相変わらずはっきりしない顔つきだ。

「ま、そのあたりはおいおい覚えていけばいいやね」

隠居が笑顔を向けると、由吉はやっとわずかに笑みを浮かべた。

「なら、おまえさんはこういうやつは駄目なんだな」

鯛の頭を、時吉はでんとまな板の上に置いた。

「おっ、兜焼《かぶとや》きかい？」

座敷から声が飛んだ。

「はい。これから梨割りにしますので」

時吉が答えた。

鯛の兜を縦に真っ二つに割ることを梨割りと言う。梨の歴史は古く、いまと種は違うが平安時代からすでに栽培されていた。

時吉はまた見事な包丁さばきを披露しはじめたが、由吉は眉間にしわを寄せたまま何とも言えない顔つきをしていた。

「こうやって、おいしいものに変わっていくんだからね。命を取るのじゃなくて、新たな命を吹きこんでいくんだ」

吉太郎がそう言ったが、由吉の表情はかたいままだった。

「これ、ねこさんに取られないようにしなさいよ」

おちよが千吉に声をかけた。

「うん。だめよ」

鯛の骨せんべいをねらってきた猫たちに向かって、千吉が言った。

その様子を見て、若者が表情を和らげた。まな板の上の鯛を見るときとは、明らかに顔つきが違った。

「刺し身もいいけど、ちょいと小腹が空いたね」

味醂づくりの大旦那が言った。

「わたしも、さっきおなかがぐうっと鳴りました」

手代も和す。

「では、昼膳の鯛飯がいくらか残っておりますので」

おちよが得たりとばかりに言った。

二幕目の客から所望されることを見越して、多めにつくってあった。だしに薄口醤油を加えて炊きこみ、ほぐした鯛の身を散らした口福《こうふく》の味だ。

流山の味醂づくりの主従に鯛飯がふるまわれるころ、鯛の兜焼きの支度が整った。梨割りにした鯛の頭をきれいに洗い、金串を打つ。あとは割り下をかけてこんがりと焼き上げていくばかりだ。

「ここまで来れば大丈夫だろう？」

時吉は問うたが、由吉はまだ腰が引けていた。

「魚が……見てるので」

と、鯛の目を指さす。

「見ちゃいねえってば」

寅次があきれたように言った。

「いままでたくさん料理人を見てきたけれど、こんな人は初めてだねえ」

隠居が苦笑いを浮かべる。

「包丁さばきはいいんですから、精進《しょうじん》料理が向いてるかもしれませんね」

と、吉太郎。

「いや、でも、大磯の船宿の跡取りさんだろう？　海のはたで精進ってわけにもいかねえやね」

寅次がそう言うと、由吉はまた半ば泣き顔になった。

とにもかくにも、鯛料理の段取りを教えておくことにした。

まずは、兜焼きだ。

濃口醬油と味醂を合わせた割り下をかけながら、焦がさないように焼く。手際よく三度ほど繰り返すと、金串を抜いて器に盛る。

そのかたわら、割り下を煮詰めておく。最後にじゅっと鯛にかけ、木の芽をふんだんに散らしてあつあつをお出しする。

「はい、お待ち」

「おお、来た来た」

「よだれがこぼれそうだ」

寅次が大げさなしぐさで口元をぬぐった。

「うちの味醂の香りがするよ」

座敷から声が響いた。

「重宝させていただいています」

時吉が如才なく答える。

「鯛飯はあっと言う間になくなってしまいました」

手代が空の器を示した。

「では、鯛かぶらが頃合いですので。これにも流山のおいしい味醂を使わせていただいてます」

時吉はそう言って、厨の奥の鍋に歩み寄った。

蓋を取ると、ふわっといい香りが漂ってきた。

鯛のあらとかぶを同じ鍋で煮ると、ふしぎなことに、どちらもうまくなる。それぞれのうま味が移って、隠れていた味を引き出してくれるのだ。

「針柚子《はりゆず》はできるな?」

時吉は弟子にたずねた。

「はい、それなら」

由吉は柚子の皮のせん切りをつくりはじめた。

「柚子には目がついてねえからな」

と、寅次。

「あったらこわいよ」

隠居が笑う。

由吉の針柚子はほれぼれするような出来だった。長吉は腕が甘いと言っていたが、こと包丁さばきだけを採り上げれば見どころがあった。

それを散らし、時吉に命じられて座敷に運んでいく。

「お待ちどおさまでございます」

さきほどよりは声が出ていた。

「こりゃあ、鯛浄土だね」

味醂づくりの大旦那が相好《そうごう》を崩した。

「うまいことをおっしゃる」

隠居がすぐさま応じ、時吉から出された鯛かぶらに箸を伸ばした。

「まさに、浄土の味だね」

ひと口食すなり、のどか屋のいちばんの常連は言った。

第三章　筍《たけのこ》三昧《ざんまい》

一

「やれやれ、これでやっと寝られるな」

時吉がそう言って、ふっと一つため息をついた。

「しょうがないわね。旅籠も兼ねてるんだから」

おちよもやや疲れた声で答えた。

すでに夜は更《ふ》けている。川の字になって寝るから、千吉は二人のあいだで安らかな寝息を立てていた。

明日の仕込みも終え、あとは寝るばかりになったのだが、泊まり客が酔って帰ってきてたたき起こされてしまった。迷惑この上ないが、客あってのあきないだから多少のことは致し方ない。

のどか屋を手伝ってくれているおけいとおそめ、それにたまに助っ人に来るおしんは日が落ちるまでのつとめだ。あとは時吉とおちよしかいなくなる。なかには夜遅くに戸をたたいて急な泊まりを所望する客もいるので、寝足りなくなってしまうこともしばしばあった。

時吉は元武家の剣の遣い手で、若いころから鍛えているから、少々の無理は平気だ。おちよも二幕目に移るわずかな暇に座敷で眠り、少しでも体を休めるようにしている。そうしなければ、とても続かない。

「それにしても、由吉さんはあの調子で大丈夫かしら」

おちよが闇の中で首をかしげた。

「どうしても生《しょう》のものが嫌だったら、禅寺の典座《てんぞ》へ修行にいくしかないな」

時吉が突き放すように言った。

「白魚は鯛よりずっとましだったみたいだけど」

「そりゃ、目が小さいから」

時吉は苦笑いを浮かべた。

今日はいい白魚が入ったので、さくさくした天麩羅などにしてお出しした。

珍しいところでは、白魚と筍と菜の花の玉子とじをつくり、ずいぶんとご好評をいただいた。

菜種は搾《しぼ》って油にしたほうがもうかるから、まだあまり食用にはなっていないが、のどか屋では伝《つ》てを頼って仕入れて使っている。胡麻和えやお浸しにするとうまいし、玉子ともよく合う。

玉子とじのだし汁を浅い鍋に張って筍と菜の花をほどよくゆで、わいてきたところで白魚を入れて玉子でとじる。蓋をして玉子が半熟になった頃合いで開け、木の芽をふんだんに散らせば、春の恵みのひと品の出来上がりだ。

鯛をさばくのは腰が引けていた由吉だが、白魚ならどうにか大丈夫そうだった。海老も小さなものならいいが、大きな伊勢海老だとにわかに二の足を踏んでしまう。包丁を握る顔が泣きそうになる。どうにも困ったものだ。

「海がすぐそこの大磯で精進料理を出してもねえ」

おちよが言った。

「そりゃあ、親御さんも船宿を継いでもらいたいだろうよ」

と、時吉。

「由吉さん、筋《すじ》はけして悪くないんだから、何かのきっかけでひと皮むけてくれるといいんだけど」

「そうだな。気の持ちようによって、がらりと人が変わってくれないかと願ってるんだがな」

「なかなかうまくいかないわねえ、人生って」

おちよが嘆息した。

「ま、なるようになるさ。……明日も朝が早い。そろそろ寝よう」

時吉が声をかける。

「ええ、今度こそ、おやすみなさい」

「おやすみ」

こうして、のどか屋の長い一日が終わった。

二

翌日は、富八がいい筍を運んできてくれた。

「これだけありゃ、今日は筍三昧にできまさ」

野菜の棒手振りが上機嫌で言う。朝から元気一杯だから、おのずと目も覚める。

「筍三昧か、いいね」

「あく抜きがあるんで、朝は間に合わねえと思いますが」

ねじり鉢巻きの富八が言う。

「昼なら間に合うな。由吉、さっそくかかってくれ」

「はい」

海辺の船宿だが、大磯は林も近い。由吉は筍のあく抜きによく通じていた。米ぬかと唐辛子とともに筍をほどよく切って大きな鍋に入れ、ぐつぐつと煮てやると、びっくりするほどあくが出て、あとには筍の上品な味だけが残る。

「なら、あきないが終わったら、また来まさ」

富八はいなせに手を挙げた。

「筍のうまい肴をつくってお待ちしてますよ」

時吉は笑顔で答えた。

昼膳の顔は、型どおりに筍飯にした。

のどか屋の筍飯は一風変わっている。ほかの見世の筍飯は、白飯に筍を炊きこみ、すまし汁と薬味をかけて食べるのがもっぱらだった。

しかし、時吉は味ご飯に仕立てていた。だしと醬油と味醂を加えて一緒に炊きこんでやると、鍋底に香ばしいおこげができる。これが何とも言えない味わいになるから、白飯ではなく味ご飯にしているのだった。

一緒に炊きこむのは、味を存分に吸ってくれる油揚げと、身の養いになる大豆だ。仕上げに木の芽をあしらえば、彩りと香りも良くなる。

吸い物は若竹椀だ。すまし汁に筍と若布《わかめ》を入れる。このさっぱりした味の汁だけでも来た甲斐《かい》があった、というもっぱらの評判だった。

これに筍の土佐煮がつく。削りたての鰹節をふんだんにまぶした煮物は、ほっこりとしたいい按配の味を出していた。

「お待たせしました。のどか屋の筍三昧膳でございます」

おちよとおけい、それにおそめ。女たちが手際よく膳を運んでいく。その声につられて、ひとたび旅籠を出た客がまた昼を食べに戻ってきたくらいだった。

声こそ出ていないが、由吉もそれなりに手を動かしていた。鰹節を削って筍の煮物にまぶす手際もなかなかのものだった。

こうして、合戦場《かっせんば》のような昼の膳が終わり、のどか屋は短い中休みに入った。

由吉は表に出て、猫たちに赤い紐を振ってやっていた。厨で魚をさばかなければならないときは泣きそうな顔つきだが、うってかわって笑みが浮かんでいた。

「おまえは遊ばないのかい?」

のどかに向かって言う。

「のどかはだいぶおばあちゃんだから、あんまりあそばなくなったよ」

千吉がそう教えた。

「そうかい。前はよく遊んだんだ」

「うん。いまののどかは、ひなたぼっこがすき」

千吉が言うと、由吉は酒樽の上の猫に歩み寄り、妙にしみじみとした顔で首筋をなでてやった。

「猫はいいな。嫌なことをしなくていいんだから」

のどかは目を細め、ごろごろと気持ちよさそうにのどを鳴らしはじめた。

三

二幕目も筍三昧は続いた。

同じ賽《さい》の目に切った筍と烏賊《いか》を、木の芽味噌で和えた二色和えは、酒の肴にうってつけの料理だった。

ゆでて味を含ませた筍と、酒と塩でほどよく炒りつけた烏賊が小鉢の中で寄り添う。木の芽味噌の青みを、天盛りにした紅蓼《べにたで》が引き立たせる。なんとも小粋なひと品だ。

「春はやっぱり筍にかぎりますねえ、ご隠居」

一枚板の席で、元締めの信兵衛が上機嫌で言った。

「ほんとだね。『筍やたつた二本が籔となり』とはよく言ったもんだ」

隠居の口から柳句《りゅうく》が伝えられる。

「何ですか、そりゃ」

あきないを終え、けさわが手で届けた筍の料理を味わいに来た富八が問うた。

「筍ってのは、大和《やまと》や平安の昔からあったわけじゃないんだ。元はといえば、薩摩《さつま》の殿様の屋敷に植えられた二本の孟宗竹《もうそうちく》が始まりでね。それがあっと言う間に津々浦々に広まって、いまじゃどこでも食べられるようになったわけだ」

俳諧師の顔をもつ隠居が学のあるところを見せる。

「へえ、そうなんですか。そりゃいいことを聞いたな」

野菜の棒手振りは笑みを浮かべ、二色和えをまた口に運んだ。

「これからお弟子さんがどんどん増えたら、のどか屋もそうなっていくんじゃないですか?」

元締めが仕込みをしている由吉のほうをちらりと見て言った。

「いえいえ、のどか屋はここだけで十分です」

時吉が笑って答えた。

「欲がないね」

と、隠居。

「なにぶん二度も焼け出されているもので、こうして毎日、無事にやっていけているだけでありがたいです」

時吉の言葉に、座敷に花を飾っていたおちよがうなずいた。

次の肴は、由吉が出した。

「……の梅肉和えです」

「えっ、何だって?」

季川が耳に手をやった。

「筍の姫皮の、梅肉和え」

由吉が言い直す。

「そうかい。はっきり言ってくれないと、歳のせいで、ちょいと耳が遠くなってるものでね」

隠居が言った。

「それから、『でございます』と言ったほうがいいぞ」

「はあ」

由吉は相変わらずはっきりしない。

「『はあ』じゃなくて、答えるのは『はい』ね」

見かねておちよも口を出した。

どうにも歯がゆいが、肴は上々の仕上がりだった。

筍の先のやわらかい皮を姫皮と呼ぶ。これを捨ててしまうのはもったいないから、和え物に使うといい。

胡麻和えや味噌和えでもいいが、今日は酸味がいい感じの梅肉和えにした。酒がすすむ、小粋な肴だ。

由吉には筍の田楽《でんがく》もつくらせてみた。これまた焼き加減がなかなかで、木の芽味噌のつくり方も手際が良かった。どうやら目がついていなければ、それなりには腕を振るえるようだ。

ややあって、若者が一人、急ぎ足でのれんをくぐってきた。

客かと思ったら、違った。長吉屋で修業している若い衆の一人だ。

「相済みません。今夜から明日にかけて、立て続けに祝いごとが入りまして。手が足りないから、由吉を戻してくれ、と親方から言《こと》づかってきました」

走ってきたとおぼしい若者は、額に玉の汗を浮かべて言った。

房州《ぼうしゅう》から修業に来た男で、こちらは由吉と違って、目のついた魚も豪快にさばける。

「そうかい。そりゃご苦労様」

時吉が労をねぎらう。

「だったら、さっそく支度して」

おちよが由吉に言った。

「は、はい……」

由吉はあいまいな顔つきだった。長吉屋にはあまり戻りたくないのかもしれないが、師匠の命《めい》なら是非もない。

柄杓《ひしゃく》で水をふるまうと、使いに来た若者はうまそうに呑み干した。

「立て続けの祝いごとだと、目が回るほど忙しいね」

隠居が声をかける。

「そうなんで。鯛だけでもうんと入ってまさ」

使いに来た若者が大仰《おおぎょう》なしぐさをまじえて答えた。

おちよとおけいの目と目が合った。

(由吉さんにも、これくらいの元気があればいいのに……)

考えることはみな同じだった。

ほどなく支度が整った。

呼びにきた若者とともに、由吉は長吉屋へ戻っていった。

四

翌日の晩になっても、由吉はのどか屋へ戻ってこなかった。

「今日は戻ってきそうもないわね」

おちよが言う。

「遅くまで祝いごとがあったら、無理だろうな」

仕込みをしながら、時吉が答えた。

そろそろ火を落とす頃合いだ。千吉はとうに寝ている。

旅籠にはおのずと繁閑《はんかん》の波がある。今夜は閑のほうで、泊まり客は二階に一組入っているだけだった。

あきないを続けていれば、そういう日だってある。たとえ一部屋だけでも埋まっていればありがたい。おちよと時吉はそんな話をしていた。

ふわあ、とあくびをしながら、ちのが戻ってきた。

「もういいわよ、ちのちゃん」

おちよがのどかと同じ茶白の縞猫に声をかけた。

泊まり客が少ないから、おまえ、呼び込みをしておいで、と戯《ざ》れ言《ごと》を飛ばしておいたのだが、猫がつとめをしていたふしはなかった。

しかし……。

べつに猫に誘われたわけではなかろうが、閉めごろになってふらりと常連がのれんをくぐってきた。

「まあ、安東《あんどう》さま」

おちよが声をあげた。

「無沙汰だったな」

そう言って座敷に座り、笠を置いたのは、安東満三郎《みつさぶろう》だった。

「いらっしゃいまし。あんみつ煮をおつくりいたしましょうか」

時吉が笑みを浮かべて問うた。

「おう、頼む。それと、泊まり部屋はまだ空いてるかい？」

安東満三郎は意外なことを言い出した。

「ええ、今日は一組しか入っていなくて寂しいと言っていたところで」

おちよが答えた。

「そりゃ、好都合だ。いま帰《けえ》ったら家の者をたたき起こしちまうからな。それに……」

旅装を解き、一枚板の席に移って、安東満三郎は続けた。

「泊まりじゃねえと、のどか屋名物の豆腐飯を食えねえから」

黒四組《くろよんぐみ》のかしらは、そう言ってにやりと笑った。

黒鍬《くろくわ》の者といえば、上様《うえさま》の荷を運んだり、触《ふ》れを出して回ったりするお役目だ。表向きは三組まであることになっているが、実は、人知れず四組目も設けられていた。

この黒鍬の者の四番組、略して黒四組のお役目だけは、ほかの組とは違った。携《たずさ》わっているのは隠密《おんみつ》仕事だが、御庭番《おにわばん》のように上様からじきじきにお役を頂戴するわけではない。つとめがあれば、町方でも遠方でも神出鬼没《しんしゅつきぼつ》に動くのが黒四組の役どころだった。

「相済みません。入る豆腐に限りがありますもので」

おちよが申し訳なさそうに言った。

「甘辛く煮た豆腐をあつあつの飯にのせて崩しながら召し上がっていただくものなので、安東さまのお口にも合うかと」

さっそくあんみつ煮をつくりながら、時吉は言った。

油揚げを小さな三角に切り、水と砂糖で煮る。わいてきたところで醬油を入れ、そのそのまま煮詰めていけば出来上がりというたって簡明な品だ。

安東満三郎の食べ物の好みはひどく変わっていて、とにかく甘ければ甘いほどいい。その名をつづめた愛称の「あんみつ隠密」から採ったあんみつ煮にも、三温糖《さんおんとう》がふんだんに入っていた。

「そりゃ、楽しみだな。前からいっぺん食ってみたかったんだ」

あんみつ隠密は、特徴のある長い顔に笑みを浮かべた。

「ところで、平《へい》ちゃんは来てるかい？」

平ちゃんとは、万年平之助《まんねんへいのすけ》同心のことだ。さまざまなあきんどに身をやつしながら町場を見廻っている者だから、町方の隠密廻りと同じようなつとめだが、万年同心は黒四組で、安東満三郎の数少ない手下だった。

影御用の隠密廻り同心のようなものだが、それでは語呂《ごろ》が悪いので、「幽霊同心」と呼ばれている。本当はいないようなお役目だから、その呼び名がうってつけだった。

「先日、ふらりと眼鏡売りのいで立ちでお見えになりました」

おちよが目のあたりにちらりと手をやって告げた。

「そうかい。何か言ってたかい」

「例の大坂屋《おおさかや》の主殺《しゅごろ》しのお話を」

「ありゃあ、ずいぶんとかわら版だねになったそうじゃねえか」

あんみつ隠密はそう言って、おちよが注いだ猪口の酒を呑み干した。

「みな、手代さんのほうに同情していました。……はい、お待ち」

時吉はできたてのあんみつ煮を一枚板の席に出した。

「お、来た来た」

安東満三郎は笑みを浮かべ、さっそく箸を伸ばした。

「うん……甘え」

お得意のせりふが出る。

「それにしても、大坂屋の手代さんは、やむにやまれぬ心持ちでやってしまったんでしょうねえ」

と、おちよ。

「ずいぶんと鬼のようなやつらだったみたいですからね」

時吉も言った。

本石町《ほんこくちょう》の蠟問屋、大坂屋の夫婦が殺《あや》められた。咎人《とがにん》は寅松《とらまつ》という若い手代だった。主殺しの大罪だ。

にもかかわらず、同情は寅松のほうに集まった。大坂屋の夫婦の生前の悪行が次から次へと暴かれたからだ。

大店《おおだな》を継いだもののあきないがいま一つで、あるじはもともと心を病みがちだったらしい。そこへ後妻に入った女のたちが悪く、前妻とのあいだに生まれた子供たちを蠟燭で夜な夜な折檻《せっかん》していたというのだから、鬼かと怪しまれても致し方がなかった。

大坂屋の夫婦の悪行はさらに募り、意のままに動かないお店者《たなもの》にもさまざまな責めを行うようになった。蠟問屋の蔵のほうからは、毎晩、悲痛なうめき声が響いてきたというから尋常ではない。

なかには、あるじとおかみの責めによって命を落とす者もいた。手代の寅松はそのなきがらを埋める手伝いをさせられたらしい。もし従わなければ、おのれが責められる。寅松は泣く泣く因果《いんが》なつとめに手を染めたということだった。

そして、大詰めが来た。

前妻の娘が夫婦に責められ、助けを求める悲鳴をあげた。寅松は娘を救おうとし、厨から包丁を持ち出して夫婦を次々に刺して殺《あや》めた。

娘を助けた寅松は、逃げも隠れもせず、その足で番所へ赴《おもむ》いてお縄を頂戴した。罪を告げた手代は、どこかほっとしたような表情だったという。

「大坂屋の生き残りの連中からは、寅松の助命嘆願まで出たそうだが、さすがにそりゃあ無理筋だろう」

あんみつ隠密が言う。

「遠島に減刑されたりはしないんでしょうか」

おちよが問うたが、安東は渋くにやりと笑って首を横に振っただけだった。

主殺し、それも、あるじとおかみの両方だ。たとえ道理は寅松のほうにあっても、お仕置きにしなければ幕が下りないらしい。

大坂屋の話は、そこで一段落した。

「ところで、また遠方へお出かけだったんですか、安東さま」

おちよがたずねた。

「まったく、ほうぼうへやらされてるよ」

あんみつ隠密は顔をしかめた。

「そうすると、また唐物抜荷《からものぬけに》（密貿易）の件で？」

時吉が問う。

「また、って言うか、いろいろと芋の蔓《つる》が引っかかってきやがってな。おれが動かざるをえなくなっちまったんだ」

安東はそう言って、またあんみつ煮を口中に運んだ。

「江戸は万年さまに任せて、諸国を飛び回ってらっしゃるんですね」

と、おちよ。

「おうよ。たまにゃ家へ戻らねえと、子に顔を忘れられちまうからな」

あんみつ隠密は戯《ざ》れ言《ごと》を飛ばした。

上役について「あの旦那は舌が馬鹿だから」などと忌憚《きたん》のないことを言う万年同心によると、「ああ見えて、意外にも子煩悩《こぼんのう》」なのだそうだ。

そのうち、師匠から修業を頼まれた弟子の由吉の話になった。

目がついた魚を気味悪がってさばけない料理人の話をすると、黒四組のかしらは思わず笑って、

「なら、魚に目鬘《めかづら》をつけて、かわいくしてからさばきゃいい」

と、また軽口を飛ばした。

久々に江戸へ帰ってきて、どうやら機嫌はいいらしい。

「だったら、明日帰ってきたら、そう言ってみようかしら」

おちよも半ば独りごちるように言った。

だが……。

由吉に向かって、その言葉が発せられることはなかった。

まったくもって、思わぬ成り行きになってしまったからだ。

第四章　市松塩焼き

一

「あっ、じいじ」

翌日の昼下がり、のどか屋の前で毬遊びをしていた千吉が声をあげた。

いつもなら、たちまち目尻にいくつもしわを寄せて、機嫌のいい声を響かせるところだが、今日は趣《おもむき》が違った。

「おう」

と、妙に愛想なく片手を挙げただけで、長吉はそそくさと見世に入っていった。

ちょうど短い中休みで、おちよは座敷で仮眠を取っていた。その体の上で、ちのとゆきが気持ちよさそうに眠っている。

親子だが、きょうだいみたいな猫たちだ。総大将ののどかは、表の酒樽の上で貫禄を見せている。

「あいつは来てねえか」

のどか屋に入るなり、長吉はかたい表情で時吉に問うた。

「由吉ですか？」

仕込みをしていた時吉が問い返す。

「そうだ。ついおれがきつくしかったら、ゆうべのうちに見世を飛び出しちまったらしくてよう」

長吉は大きな舌打ちをした。

おちよが目をこすりながら身を起こした。寝所がやにわになくなった二匹の猫も目を覚まし、ぺろぺろと体をなめはじめる。

「由吉さん、こっちには来てないけど、おとっつぁん」

おちよはまだ眠そうな顔つきで答えた。

「どんないきさつで由吉をしかったんです？」

牛蒡《ごぼう》をせん切りにしながら水に放ちつつ、時吉はたずねた。

いくたびか水を換えながら、牛蒡のあくを抜いていく。金平《きんぴら》や煮物もいいが、牛蒡は天麩羅が存外にうまい。ことに、海苔で牛蒡を束ねてから揚げ、紅葉おろしを添えると、小粋な酒の肴になる。

「あの野郎、料理人のくせに、また『目のついてる魚をさばくのはかわいそう』なんぞとわらべみてえなことを口走りやがったんで、そんな料簡のやつなんかいらねえ、さっさと郷里《くに》へ帰《けえ》るか、大川へ飛びこむかしちまえ、このすっとこどっこいが、てな按配でな……」

長吉はそう言って、頭にちらりと手をやった。

「気が優しすぎるから、由吉さん」

髪を直しながら、おちよが言う。

「だったら、大磯へ帰ったんでしょうかねえ」

時吉が首をかしげた。

「包丁は持っていきやがったから、うちに帰るつもりはねえんだろう」

長吉はそう言って、また聞こえよがしの舌打ちをした。

ここで、千吉がとことこと入ってきた。

「どうしたの、じいじ」

あどけない顔で問う。

「いや、どうもしねえんだ」

長吉の表情がやっとやわらいだ。

「由吉兄ちゃんがいなくなっちゃったんだって」

おちよが教える。

「どこへいったの？」

「それを探してるんだ、千吉」

長吉が答えた。

「ま、田舎へ帰ったら帰ったで、船宿の下働きでもして食えるだろう。おれはもう知らねえや」

突き放すように言う。

「では、もしうちへ顔を出したらどうしましょう」

時吉が問うた。

「のどか屋で面倒見てやってくれ。『魚がかわいそう』なんぞと言う料理人を相手にしてたら、血の道に悪いや」

豆絞りの料理人は、わが頭を指さした。

「たしかに。おとっつぁんに倒れられたりしたら困るから」

と、おちよ。

「五十を越えたら、いつお迎えが来てもおかしくねえからよ。こないだは、死んだかかあが夢枕に立ちやがったし」

長吉はまた同じ話をした。

だいぶ前に亡くした女房が夢に出てきて、「秩父の札所巡りをしたかった」と告げたことを、まだ気にしているらしい。

「由吉の件は、承知しました」

時吉はそう言って、短くなった最後の牛蒡を水に放った。

「おう、頼む」

長吉は右手を挙げた。

「これで、あいつの件は、ひとまず一件落着だな」

古参の料理人はうなずいたが、そうはならなかった。

実に思いがけないことになってしまったのだ。

二

その晩のことだった。

旅籠の部屋がすべて埋まるまでにはいかなかったが、それなりに泊まり客が入ってくれた。おけいとおそめ、それに、今日はのどか屋番になったおしんがてきぱきと動いて案内し、日暮れとともに浅草の長屋へ戻っていった。

一枚板の席には、隠居の季川と二人の武家、座敷には武州《ぶしゅう》の粕壁《かすかべ》から江戸見物に来た庄屋の家族が陣取っている。いつもと変わらぬのどか屋だった。

二人の武家は、原川新五郎《はらかわしんごろう》と国枝幸兵衛《くにえだこうべえ》、いずれも大和梨川《やまとなしがわ》藩の勤番の武士だ。

時吉もかつて大和梨川藩の禄を食《は》んでいた。わけあって刀を捨て、包丁に持ち替えておちよとともにのどか屋を開いてからも、ありがたいことに、こうして昔のよしみで通ってきてくれている。

「なるほど、細い竹の皮で口のとこを縛るんやな」

偉丈夫の原川新五郎が、時吉の手元を見ながら言った。

「こうしておかないと、焼いたら小鯛の口が開いて、死んでいるように見えてしまうものでし」

「まあ、そう言うても、生きてるわけとちゃうけどな」

華奢《きゃしゃ》な国枝幸兵衛がすかさず言ったから、隣の隠居の目尻にいくつもしわが寄った。

時吉がいまつくっているのは、小鯛に化粧塩を施した焼きものだった。うろことえらとわたを取り除いた姿かたちのいい小鯛をていねいに洗い、塩をしてしばらく置く。

それから鯛を裏返して、金串を二本打ってやる。ただ打てばいいというものではない。身がほどよくうねって、いまにも泳ぎだしそうな姿にするのが肝要だ。

それとともに、口を細い竹の皮で縛っておく。このひと手間を怠ると、焼いているうちに口が開いて、無念の最期を遂げてしまったかのようなたたずまいになってしまう。

口をしっかり縛っておけば、ひれに化粧塩を入念に施してこんがりと焼いたあとの姿が格段に違う。調理をする前より、かえって生き生きとしてくるから不思議なものだ。

「そうやって皮がはじけないようにするんだね」

隠居がうなずいて、猪口《ちょく》を口元に運んだ。

時吉は細かい技を使っていた。小鯛の身を金串の先でつつきながら焼くと、皮がはじげず、実に美しい仕上がりになる。

「仕上げに刷毛《はけ》で味醂を塗って、いくらか冷めてから金串を抜けば出来上がりです」

時吉は段取りを説明した。

「そうやって、獲れた魚を成仏させていくわけやな」

「きれいな着物を一枚ずつ着せていってるみたいなもんや」

二人の武家がうなる。

「由吉さんも、こういう料理をつくれるようになればいいんだけど」

おちよがぽつりと言った。

目のついた魚をさばけず、長吉屋から逃げ出してしまった若者のことは、さきほどからひとしきり話題になっていた。「近ごろの若い者」について嘆くのは、いつの世も変わりはない。

小鯛の化粧塩焼きは、ほどなく次々に仕上がった。

「お待たせいたしました。のどか屋自慢の縁起物、江戸前の小鯛の市松《いちまつ》塩焼きでございます」

いくらか芝居がかった口上とともに、おちよが皿を座敷に運んでいった。

「ほほう、これはながめただけでおめでたいね」

庄屋が相好《そうごう》を崩す。

「ほんに、お塩がきれいな市松模様になっていて」

その女房が目を細めた。

「これだけで江戸へ出てきた甲斐があったなあ」

跡取り息子とおぼしい若者が、鯛の模様を指さして言った。

葉蘭《はらん》を市松模様に切り、その上から塩を振ってやると、焼き上がった鯛の皮にきれいな模様がつく。ひときわ美しく小粋な仕上がりだ。

「こりゃあ、食べるのがもったいないくらいだね」

一枚板の席で、隠居が言った。

「でも、食べるんでしょう、ご隠居」

と、原川。

「そら、見てるだけやったら殺生《せっしょう》や」

国枝が何とも言えない表情をつくったから、のどか屋に和気が満ちた。

「なら、さっそく」

庄屋の息子が、箸で鯛の身をほぐしにかかった。

むろん、見てくれだけではない。塩加減と焼き加減が絶妙な料理だ。おのずと酒がすすむひと品だった。

一枚板と座敷のあいだでも、そのうち話が弾みだした。庄屋は粕壁の屋敷で糸瓜《へちま》を育てているらしい。その水は近在のご婦人方に好評なのだそうだ。

こうして、いい調子で酒が回りだしたころ、表にいたゆきが長いしっぽをぴんと立てて入ってきた。

「にゃあ」

と、おちよの顔を見てなく。

「なあに、お客さん？」

おちよが問う。

縞模様が濃くなってきた白猫は、妙に困ったように、足をやにわにぺろぺろとなめはじめた。

やはり、客だった。

「おう、無沙汰で」

そう言いながらのれんをくぐってきたのは、万年平之助同心だった。

「まあ、万年さま。どうぞ、一枚板のほうへ」

おちよが身ぶりをまじえて言ったが、同心はあわてて手を振った。

「それどころじゃねえんだ」

安東満三郎の手下の幽霊同心は、口早に言った。

「大磯の由造っていうやつを知ってるだろう?」

「由造……ああ、由吉さんね」

おちよは思い当たった。

「由吉がどうかしたんでしょうか」

胸さわぎを覚えながら、時吉は厨から問うた。

ひと呼吸置いてから、万年平之助は告げた。

「大川へ飛びこみやがったんだ。書き置きを遺して」

三

のどか屋の空気がにわかに変わった。

まったくもって思いがけない成り行きだった。長吉に叱責されて見世を飛び出した由吉が、世をはかなんで大川へ身を投げてしまったとは……。

「由吉さんが……」

おちよは言葉に詰まった。

「で、大川にむくろが上がったんでしょうか」

時吉は問うた。

「いや、見つかったのは書き置きだけだ。そこにのどか屋の名が書いてあったと、見廻りのときにたまたま耳にはさんで、あわてて飛んできたっていうわけよ」

芝居の脇役が似合いそうな幽霊同心は、ちらりと耳に手をやって言った。

「だったら、まだ望みがあるかも」

おちよが言う。

「いま、町方の舟が探してる」

「わたしもすぐ行きます。……ちよ、厨を代わってくれ」

時吉が手を拭きながら出てきた。

「あいよ」

おちよも料理人の娘だ。とっさに厨を任されても引き継ぐことができる。包丁の細工仕事なら、かえって時吉より達者なくらいだ。

「ほな、乗りかかった舟や」

「わいらも行くで」

大和梨川藩の二人も腰を上げた。

「無事だといいんだがねえ」

隠居の顔が曇る。

「ともかくにも、書き置きが見つかったところへ行ってみます」

時吉はかたい顔つきで答えた。

「なら、おかみ、悪いな」

万年同心が手を挙げた。

「そんな、悪いだなんて」

おちよがあわてて手を振る。

「どうか、お弟子さんが無事に見つかりますように」

粕壁の庄屋が両手を合わせた。

「行ったら動きがあるかもしれねえ。急ぎましょう、のどか屋さん」

万年同心を先頭に、一同は大川端へと急いだ。

四

月のない晩だった。

ぼんやりと灯る町方《まちかた》の舟の灯りが、まるで霊魂《すだま》のように見える。

「見つかったか？」

万年平之助が舟のほうへ声をかけた。

「いんや。夜が明けねえと無理でがんしょう」

船頭がよく通る声で答えた。

ややあって、町方の役人が一同に近づいてきた。

「身投げ者の引き受け人は？」

切り口上で問う。

「わたしです」

時吉が手を挙げた。

「何者か」

「横山町の小料理のどか屋のあるじで、時吉と申します。このたびは、由吉がご厄介をおかけしました」

時吉は辞を低うして答えた。

「由吉？　由造ではないのか」

役人はいぶかしげな顔つきになった。

「わけあって、通り名を由吉にしております」

くわしいわけを話すのはいささか面倒だから、時吉は端折《はしょ》って答えた。

「書き置きを持っていくのを忘れたんだ。見せてやってくれ」

黒四組の万年同心が役人に言う。

役人は一つうなずき、もったいぶったしぐさでふところから由吉の書き置きを取り出した。

「これだ。風で飛ばないように、石を乗せてあった」

役人が示す。

「どれどれ」

原川新五郎が提灯をかざした。

その灯りを受けて、書き置きの字がおもむろに浮かびあがった。

おとう　おかあ
すまねえ
さかな　さばけねえから
おいら　りやうりにんに　なれねえ

のどかや
せわに　なりました
　　おおいそ　ふなやど　由ざう

由造の「由」のほかは、すべてひらがなで、筆跡もずいぶんと乱れていた。

「こら、あかんな」

のぞきこんでいた国枝幸兵衛が首をかしげた。

「魚がさばけねえから、弟子を叱ったのか？」

くわしいいきさつを知らない役人がたずねた。

「いや、のどか屋さんには関わりがないんで」

万年同心が代わりに答えた。

道々、由吉の人となりと、長吉から叱責されて見世を飛び出したことは、時吉の口から同心の耳に入っていた。その説明を聞いて、役人は得心のいった顔つきになった。

「まあ、いずれにしても、大川の底だな。なまんだぶ、なまんだぶ」

あまり情のこもっていない口調で言って、役人は両手を合わせた。

「助かって、どこかの番所にいるってことは？」

万年同心が問う。

「いまのところ、そういう話は聞いてませんな」

役人は冷たく答えた。

「夜が明けてからやな」

原川が腕組みをする。

「お月さんも出てへんさかい、探しようがないわ」

国枝が嘆息した。

「おう、今夜はこのへんでいいぞ」

役人が舟に向かって声をかけた。

「へーい」

船頭が答える。

「夜が明けたら、川のもぐりをやらせるから」

「へい、もぐりですな」

すぐさま話が通じた。

「川にもぐるんですか」

時吉が問う。

「そうだ。素もぐりが得手なやつにもぐらせて、仏さんを見つけるわけだ。身に重りでもつけてたら、土左衛門《どざえもん》が浮いてこねえからな」

役人がそう答えたから、時吉は思わず顔をしかめた。

目のついた魚をさばけない、あの気のやさしい若者が、変わり果てた姿で大川の底に沈んでいる。

そのさまが、いやにありありと浮かんできたから、何とも言えない心地がした。

「見つかったら、身元は引き受けてくれるか」

万年同心から声をかけられ、時吉は我に返った。

「もちろんです。大磯の親御さんにも、こちらからお知らせしなければなりませんので」

時吉はそう言ってうなずいた。

「なんにせよ、困ったことや」

「あとに残される者のことを考えてもらわなかなん」

勤番の武士たちが言った。

「まったくだな」

幽霊同心がうなずいた。


翌朝から、由吉の捜索が続けられた。

その様子を、時吉も見守った。

泳ぎと素もぐりの達者な男が、まだ水は冷たかろうに、褌《ふんどし》一丁で大川にもぐっては水面《みなも》に顔を出して息をつく。

そのたびに、由吉のむくろが見つかったのではないかと時吉は気をもんでいた。

ゆうべは遅くに雨が降り、川の流れもふだんより速かった。素もぐりの男は、いくらか流されたところで水面に顔を出し、また抜き手を切ってさかのぼってきた。流れをものともしない見事な泳ぎだ。

横泳ぎも、頭を上げての平泳ぎも自在にこなせる。手と足の動きが違っていても、平気で組み合わせてすいすい泳ぐ。そんな泳ぎの達人がいくたびももぐり、由吉のゆくえを探した。

だが……。

ついにむくろは見つからなかった。

大川端に書き置きだけ残して、大磯の由吉は姿を消してしまった。

第五章　紅白おろしとほっこり煮

一

「そりゃ、後生《ごしょう》の悪い思いをするだろうよ」

一枚板の席で、隠居が言った。

あれから三日経った。

大川での捜索は打ち切られた。流れが速いときは、むくろがずいぶん先まで流されてしまうことがある。由吉はゆくえ知れずのまま、大川へ身を投げて死んだことになってしまった。

「さしものおとっつぁんも、ひと回り縮んじゃったみたいな按配で」

おちよが案じ顔で言った。

　昨日、長吉屋へ様子をうかがいに行ってみたところ、由吉が身投げをしたことがずいぶんとこたえている様子だった。

　無理もない。長吉が厳しく叱責しなければ、由吉が書き置きを残して大川に身を投げることはなかっただろうから。

「しかし、罪つくりなことだね、身投げってのは」

　元締めの信兵衛が苦そうに猪口の酒を呑んだ。

「まったくだよ。知らせを聞いた親御さんの心持ちは、果たしていかばかりかと思うとねえ」

　隠居が目をしばたたかせた。

「由吉おにいちゃん、もうかえってこないの？」

　座敷で猫たちにお手玉を見せていた千吉が無邪気に言った。

「帰ってくるわよ、そのうち」

　おちよがわが身に言い聞かせるように言った。

「そうそう。『相済みませんでした』って言って」

　おけいが気の弱そうな声色を遣ったが、場が和らぐことはなかった。

「おっ、なんだか彩りのいいものが出そうだね」

雰囲気を変えるべく、隠居が厨を指さして言った。

「せめて、料理はおめでたいものをと思いまして」

時吉がそう言って仕上げにかかったのは、海老の紅白おろしだった。

下ごしらえをした車海老は、酒塩につけてからほどよく蒸し、頭と尾を残して殻をむいておく。

海老の赤に合わせるのは、白い飛竜頭《ひりょうず》だ。

と言っても、格別に凝ったものではない。水気を抜いた木綿豆腐に玉子の白身を合わせ、すり鉢でよくする。ここに炒りたての香ばしい白胡麻を加え、平たいかたちに丸めてから揚げる。

酢と醤油と砂糖と生姜《しょうが》汁でつくった合わせ酢を、よく絞った大根おろしにまぜ、紅い海老と白い飛竜頭の上からかければ出来上がりだ。

「うん、さわやかだね」

元締めが笑みを浮かべた。

「かみ味も響き合っていいじゃないか。海老なら目が……」

小さいから由吉でもさばけるだろうと言いかけて、隠居は言葉を呑みこんだ。

由吉の身投げの件はのどか屋を暗い雲のように覆っていた。どうもにわかには晴れそうにない。

それやこれやで、話も弾まず、沈んだ空気が漂ったとき、表で足音が響いた。

「いらっしゃいまし」

のれんに手がかかったところで、おちよがいち早く声を発した。

だが、入ってきたのは客ではなかった。

長吉屋のあるじだった。

二

「こたびの件は、やけにこたえたね。おれももう長かねえや」

長吉はそう言って太息《ふといき》をついた。

「叱らなくたって、遅かれ早かれこうなってたかもしれませんよ」

隣に座った元締めの信兵衛がなだめたが、古参の料理人は首を横に振った。

「後生《ごしょう》の悪いことをしちまった。大磯の親御さんにどうわびりゃいいんだ」

長吉はめったに見せないような顔つきになった。

それを察してか、いつもなら寄っていく千吉も近づこうとしない。のそっと入ってきた守り神ののどかも、いくらか離れたところで前足をなめている。

「で、おれはもう肚《はら》を決めたぜ、ちよ」

娘に向かって言う。

「肚を決めたって、何を？」

おちよが問う。

「長吉屋を始めたころは、ここの板場で往生《おうじょう》できりゃ本望だと思ってた。包丁を握ったまま死にてえと念じてた。だがよ、とんだケチがついちまったじゃねえか」

「なら、長吉屋をやめると？」

隠居が驚いたように問うた。

「いや、やめやしませんや、ご隠居。弟子やお客さんもいますから」

長吉はあわてて言った。

「すると、しばらくお休みになるわけでしょうか、師匠」

「察しがいいな、時吉」

長吉は何とも言えない陰った笑みを浮かべた。

「ついては、おめえに相談があって足を運んだんだ」

その言葉を聞いたおちよが、何か言いかけてやめた。

おちよには勘の鋭いところがある。ふと思い浮かんだことがあったのだが、果たしてそのとおりだった。

長吉は、こう言った。

「実は、おめえに長吉屋を代わってもらえねえかと思ってな」

「わたしが長吉屋をですか？」

時吉は目を瞠《みは》って、おのが胸を指さした。

「そうだ。いまの長吉屋にゃ、心置きなくあとを託していける弟子がいねえ。よくよく考えたら、おめえしかいねえんだ、時吉」

「そんな、おとっつぁん。うちの身にもなってよ」

おちよがすかさず口をはさんだ。

「旅籠付きの小料理屋にしてから、休むわけにいかないので、代わるがわるにちょっとでも休むようにしてやりくりしてきたの。そこへもってきて……」

「おめえにも悪いとは思ってるんだ、ちよ。だがよ」

長吉は一つ座り直して続けた。

「こないだ、死んだかかあが夢枕に立って、『秩父の札所参りに行きたかったよ、おまえさん』なんぞと、妙に恨みがましい声で言いやがった。あのときに思い切って秩父に行ってりゃ、由吉を叱ることもなかったし、こんなことにもならなかったと思ってよ」

しみじみとした口調で告げる。

「では……いつから行けばいいんでしょうか」

「ちょいと、おまえさん」

おちよが割って入った。

「わたしゃ、まだ不承知だよ。長吉屋はおまえさんがつなぎでやればいいかもしれないけど、のどか屋はどうするの？」

「悪いが、厨はおまえに任せるしかないな、ちよ」

時吉がすまなさそうに言う。

「おしんちゃんをのどか屋番に決めて、人手が足りなくならないようにしましょう。そのあたりは、わたしがちゃんと請け合いますので」

元締めが長吉の顔を見て言った。

「ありがてえ」

古参の料理人が頭を下げた。

ややあって、旅籠の客の案内を終えたおけいとおそめが戻ってきた。手伝いの二人には、元締めの信兵衛から手短に話が伝えられた。

「わたしだって、豆腐飯くらいならつくれますから、なるたけ休んでくださいね、おかみさん」

おけいがうれしいことを言ってくれた。

「昼からは、わたしとおしんちゃんの二人で気張って働きます。ほんとに、無理なさらないでください」

おそめも笑顔で言う。

「頼りにしてるわ」

頑固な父は一度言い出したら聞かない。おちよはもうあきらめ、弱々しい笑みを浮かべて答えた。

ここで、もう一人の助っ人がだしぬけに声をあげた。

「千ちゃんが、くりやをやる」

わらべなりに思うところがあったと見え、思いつめた顔つきで言う。

「そりゃあ、いいな」

隠居が笑った。

「きっと繁盛するよ」

信兵衛が和す。

「千ちゃん、がんばる、おとう」

千吉はなおも緊張の面持ちで告げた。

「そこまでやらなくていいぞ、千吉。おかあを困らせないように、いい子にしてればいいから」

「うん、でも……」

わらべはあいまいな顔つきのままだ。

「じゃあ、とんとん、とか、むきむき、とか、千ちゃんにできることはいろいろやってもらうね」

おちよが言うと、千吉は力強く、

「うん」

と、うなずいた。

千吉のおかげで、湿っぽかった空気がいささかなりとも和らいだ。

だが、それも束の間だった。

一枚板の席で腰を据えて呑むにつれ、長吉の口からまた続けざまに愚痴がこぼれるようになった。

「料理人ってのは、生のものをたくさん殺めておまんまにありついてる。その報いが来ちまったんだ」

口からもれるのは、愚痴とため息ばかりだ。

「でも、包丁でちゃんと成仏させてきたじゃないの、おとっつぁん」

おちよが言ったが、長吉の表情はさえないままだった。

「弟子を叱ったせいで、身投げをされたんじゃ世話はねえや」

と、肩を落とす。

「秩父の札所を回れば、いくらかは気が変わるでしょう」

信兵衛がなだめるように言った。

ほどなくのれんが開き、「信」の字がつくもう一人の常連が姿を現した。

力屋《ちからや》の信五郎《しんごろう》だ。

横山町からほど近い馬喰町《ばくろちょう》の一角に、一膳飯屋の力屋はのれんを出している。客はもっぱら、駕籠かきや荷車引きや飛脚《ひきゃく》といった体と足を使う者たちだ。男臭い見世では、そういった人たちの馬力になる盛りのいい料理が供せられている。

朝一番でのれんを出し、飯をたんとたいてふるまい、酒はほとんど出さずに早めに見世を閉める。それからふらりとのどか屋を訪れ、軽く呑んでから仕込みに戻ることがしばしばあった。

力屋ものどか屋の猫縁者の一人だった。力屋の見世先で貫禄を見せているぶちという猫は、もともとはのどか屋で「やまと」という名前で飼われていた。

「そうですか。のどか屋さんが師匠の見世の助っ人に」

話を聞いた信五郎は、まだいくらか驚きの色を浮かべて言った。

「ほんとに、わたしでやっていけるのかどうか案じられるんですけど」

おちよが首をかしげた。

「仕入れなどは、こちらも力をお貸ししますので」

昔は飛脚で鳴らした信五郎は、軽く二の腕をたたいてみせた。

「どうぞよろしゅうに」

おちよはていねいに頭を下げた。

「ま、ほとぼりが冷めるまで、秩父の札所をのんびりと巡るのもいいかもしれないね。いままでずっと働きづめだったんだから、長吉さんは」

古くからの常連客の隠居が言った。

「死んだかかあと『同行《どうぎょう》二《に》人《にん》』で行ってきますよ」

「千ちゃんは？」

さっそく厨に入り、蕪《かぶ》の皮で「とんとん」の稽古を始めた千吉がたずねた。

「秩父の札所にゃ、難儀な石段もあるんだ。千吉の足には荷が重いな」

「もうちょっと良くなってからね」

わらべに泣かれる前に先手を打ってなだめる呼吸《いき》を、母はよく心得ている。おちよがすかさずそう言うと、千吉は不承不承《ふしょうぶしょう》ながらもこくりとうなずいた。

ここで次の肴が出た。

蕪と油揚げのほっこり煮だ。

蕪は皮を厚めにむき、茎をいくらか残して櫛形に切る。油揚げは短冊に、蕪の葉と茎は食べよい長さに切っておく。

浅めの鍋に油を敷き、まず蕪を炒める。こうしてから煮汁を加える。あっさりめの品《ひん》のいい合わせ地を加えたら、油揚げを投じ、落とし蓋をして味をなじませていく。

蕪がやわらかくなったところで蓋を取り、茎と葉を入れてしんなりするまで煮る。蕪と油揚げのかみ味の違いも楽しめる、身も心も和らげてくれるような煮物だ。

「まさに、ほっこり煮だね」

隠居が笑みを浮かべた。

「うちは力仕事のお客さんのために濃い味つけにしてるもんで、たまにこういった上品な煮物をいただくと生き返るような心地がします」

力屋のあるじが、感に堪えたように言った。

「ほんとだな……生き返るぜ」

ほっこり煮を口に運んだ長吉も、感慨深げに言った。

時吉とおちよは思わず顔を見合わせた。

長吉のそんな表情は、ついぞ見たことがなかった。

三

二日後の昼下がり、秩父の札所巡りの支度と段取りを整えた長吉は、再びのどか屋に姿を現した。

「おう」

と、のれんをくぐるなり、金剛杖《こんごうづえ》につけられた鈴がしゃらんと鳴った。

すわ、とばかりに、座敷の猫たちが飛び起きて近寄る。

「こら、おめえらをじゃらしに来たんじゃねえぞ」

長吉の表情は、おとついよりはよほどましになっていた。

「まあ、おとっつぁん、上から下までそろえたの?」

おちよが目を見張った。

「そりゃ、ちゃんとした恰好で行かねえと、仏様に申し訳がねえからな」

長吉はそう言って、くるりとうしろを向いた。

真新しい白衣の背に、墨の字が記されている。

南無阿弥陀仏
欣求浄土　厭離穢土

そう読み取ることができた。

欣求浄土《ごんぐじょうど》は極楽浄土を追い求めること、厭離穢土《えんりえど》は煩悩《ぼんのう》に汚れた人界《じんかい》を厭《いと》い離れることだ。

菅《すげ》の笠には「同行二人」、輪袈裟《わげさ》に金剛杖に山谷袋《さんやぶくろ》、一分《いちぶ》の隙《すき》もない巡礼のいで立ちだった。

「じいじ、これから?」

千吉がたずねた。

「ああ、これからだ。おかあの言うことをよく聞いて、いい子にしてるんだぞ」

長吉はわらべの頭に手をやった。

「うん」

千吉がうなずく。

「いい子だ」

古参の料理人の目尻にいくつもしわが寄った。

「それから、時吉、移る支度は整ってるか？」

長吉は厨で仕込みをしていた弟子のほうを見た。

「はい、あとは浅草まで足を運ぶばかりです」

昼前に、浅草の福井町《ふくいちょう》にある長吉屋から若い弟子がつなぎに走ってきた。支度はもうできている。

「なら、悪いな。紋吉《もんきち》にはよく言っておいたから」

紋吉は花板《はないた》格の料理人で、もういつのれん分けをしてもおかしくない腕前の持ち主だった。

「承知しました」

時吉はやや堅い表情で答えた。

前に人手が足りないと泣きつかれて長吉屋へ助《す》っ人《け》に行ったとき、一緒に厨に立ったことがある。諸国を渡り歩いていた時期が長く、弟子ながら時吉とおっつかっつの歳で、言葉つきはていねいだが何がなしに険《けん》のある男だった。

「紋吉さんと二人で長吉屋をやることになるの？」

少し案じ顔で、おちよはたずねた。

「いや、かしらは時吉だ。みなにはそう言ってある」

長吉はすぐさま答えた。

「実は、紋吉の面倒も見てやってくれねえかと思ってな」

今度は時吉に向かって言った。

「面倒を見ると言っても、紋吉さんは上方《かみがた》でも修業をしていて、わたしなどより味の引き出しをよほど持っていますよ。こちらが料理をいろいろ教わりたいくらいです」

時吉はいぶかしげな顔つきになった。

「おめえはそういうところが謙虚なんだ。だから、どんな料理でも皿がすっと下から出てくる」

長吉は身ぶりをまじえて言った。

皿はゆめゆめ上から出すな。下からお出ししろ。

それは料理人長吉のいちばんの教えだった。

料理人が客を見下《みくだ》して、「どうだ、食え」とばかりに皿を上から出してはいけない。「お口に合いますかどうか、どうぞお召し上がりください」と両手で下から出さなければならない。

長吉は口を酸っぱくして弟子たちにそう教えていた。

「でも、紋吉さんだって、皿は下から出してるでしょう?」

おちよがけげんそうに問うた。

「もちろん、恰好だけはそうしてる。だがよ」

長吉は金剛杖の鈴をまたしゃらんと鳴らした。

ちのとゆきが前足をちょいちょいと伸ばして、恐る恐る鈴にさわろうとする。猫たちは興味津々《しんしん》だ。

「もう一つの見えねえ顔が、上にぬっと出てやがるんだ」

長吉は手をかざしてみせた。

「そんな。化け物じゃあるまいし」

と、おちよ。

「いや、おれはちゃんと見てるぜ」

長吉がおのがまなこを指さす。

「そういう料簡《りようけん》だから、あいつの料理は味がとがってるんだ。あるいは、うますぎる、と言ってもいい」

「なるほど」

時吉はうなずいた。

うますぎる、というのは言い得て妙だった。

うますぎる料理はもちろん客を満足させるが、心がほっこりすることはない。上手な筆でびっしりと描かれた絵を観ると感心させられるけれども、何がなしにほっとしないのと似たようなものだ。

わずかに描き残したところや余白があれば、観るものはそこにまぼろしのおのれの色や形を塗ったり描いたりすることができる。料理の極意もそれに通じていた。

「紋吉の腕に申し分はねえ」

長吉は続けた。

「もうちょっとだけ味がまるくなりゃ、どこにのれんを出しても見世は繁盛するだろう。だがよ、いまのままじゃ案じられる。『おれはこんなに腕があるのに、なんで客には分からねえんだ』などと思うようになっちまったら、どんどん坂を転がり落ちていく。いままでそうやってしくじって消えていった料理人をいくたりも見てきたからな。どいつも腕だけは達者だったんだ」

「なるほど。そういうことなら、わたしなりにできるかぎりのことはやってみます」

時吉は心得て言った。

「おう、頼む」

そこでひと幕が終わった。

「土産《みやげ》を楽しみにしてな、千吉」

最後にそう言い残すと、長吉はのどか屋から出ていった。

そして、金剛杖の鈴を鳴らしながら、ゆっくりと歩きだした。

はるかなる秩父へ向かって。

第六章　最期《さいご》の豆腐飯

一

「はい、胡椒飯《こしょうめし》、お待たせしました」

おそめが座敷へ昼の膳を運んでいった。

「おい、こっちはまだかよ」

「ずいぶん待ってるぜ」

土間に座った客から声がかかる。言うほど待ってはいないのだが、とかく江戸の町の衆は気が短い。

「はい、ただいま」

厨で平たい鍋を振りながら、おちよが言った。

「いまお持ちしますので」

おけいもあわてて言う。

「おーい、椀がついてねえぜ」

「相済みません、ただいま」

頭を下げたのはおしんだ。

時吉が長吉屋へ移ってしまってから、昼は毎日こんな按配だった。

「小皿はここ?」

千吉が手を伸ばした。

「余計なことをしなくていいから」

おちよがぴしゃりと言った。

わらべなりによかれと思って手を出しているのだが、表でお手玉をしていてくれたほうがよほど助かる。

「だって……」

わらべはべそをかきだした。

「じゃあ、千ちゃん、お運びを」

おけいが助け舟を出す。

「駄目よ。またひっくり返すから」

千吉が手伝いをしたがるので、昨日は膳を運ばせてみたのだが、なにぶん足が悪いから物の見事にすてんと転んで台なしにしてしまった。

「泣かなくたっていいじゃねえか」

「おいちゃんが遊んでやろう」

気のいい客が手を伸ばした。

「どうも相済みません……あっ！」

おちよが声をあげた。

つい気を取られて、胡椒飯が鍋から飛び出してしまったのだ。

そんな調子で、小さなしくじりを重ねながらどうにか昼の合戦場《かっせんば》を切り抜けていた。

「毎度ありがたく存じました」

最後の客を見送ると、おちよは大きく息をついた。

おけいがのれんを中にしまう。

「ちょっとでも休んでください、おかみさん」

案じ顔で言う。

「でも、仕込みもあるし……」

おちよはそこで、半ば無理に表情を変えた。

「なにより、おなかがすいたから」

「そうですね。じゃあ、みんなで食べましょう」

おけいは片付け物をしているおそめとおしんに声をかけた。

「はあい」

「わたしもおなかがすいちゃって」

二人の娘が笑顔で答えた。

「千ちゃんも」

わらべも和す。

「おまえはもう食べたじゃないの」

おちよがあきれたように言った。

「だって、もう一杯たべたいもん、こしょうめし」

千吉がしれっとそう答えたから、のどか屋に和気が満ちた。

小料理屋の昼の膳が終わると、旅籠の支度を整え、だんだんに客を迎えていくことになる。中休みに賄《まかな》いを食べ、少しでも仮眠を取るのはほっとする時だった。

「じゃあ、みんなでお座敷で食べましょう」

おちよは猫たちがかたまって寝ているところを指さした。

二

胡椒飯は多めにつくってあった。

つくり方は、こうだ。

胡椒は黒胡椒を用いる。乾煎《からい》りして乾かしてから、包丁の背でたたいて割っていく。

次に、ごはんにかけるだし汁をつくる。すまし汁よりいくらか薄めの加減がちょうどいい。

あとは仕上げを待つばかりだ。

ごはんを丼によそい、あたためただし汁をかけ、割り胡椒をはらはらと散らす。これだけで信じられないほどうまい。

「おいしい」

おそめが笑みを浮かべた。

「ほんと、おかみさんの割り方が上手《じょうず》だから」

おけいが調子よく言った。

「わたしじゃなくて、胡椒の力よ。割ると挽《ひ》くとでは、ずいぶん風味が違ってくるし」

と、おちよ。

「この小皿は粉胡椒ですね」

おしんがそう言って箸を伸ばしたのは、独活《うど》の油炒めだった。淡泊なものには胡椒がよく合う。

「秋の焼き松茸《まつたけ》には割り胡椒、田楽《でんがく》味噌には挽き胡椒、料理人はうまく思案するものだねえ」

「胡椒って、むかしからあるんですか、おかみさん」

おしんがたずねた。

「奈良に都があったころに、薬として伝わってきたと聞いてるけど」

「へえ、そんな遠いむかしからあるんですか」

おしんは目をまるくした。

正倉院《しょうそういん》に収められている聖武《しょうむ》天皇の遺品にも、さりげなく胡椒が含まれている。それほど古くからゆかりのあるものだった。

「いまはうどんの薬味といえば胡椒だから、長らくお世話になってきたのね。……ああ、おいしかった」

　おちよは満足して丼を置いた。

「おとう、かえってくる？」

　胡椒飯を食べる手を止めて、千吉がたずねた。

「そうだね。向こうでも仕込みがあるから毎晩っていうわけにはいかないだろうけど、今日あたり帰ってくるかも」

「じいじは？」

「じいじはまだ当分無理よ。やっと秩父に着いたくらいだから」

「秩父の札所巡りって、いろいろわけのある人も加わってるんでしょうね」

　どこか遠い目つきで、おしんが言った。

　おちよには察しがついた。

　おしんはゆくえ知れずの父親のことを思い浮かべたのだ。

　母を病でなくし、先の大火で弟も落命してしまったおしんにとって、父の初次郎《はつじろう》はただ一人の肉親だった。

　腕のいい版木職人だった初次郎だが、気の荒い親方から理不尽な叱責を受けたとき、ついかっとなってあきない道具の鑿《のみ》を向けてしまった。

幸い、親方の命は無事だったが、刃傷沙汰《にんじょうざた》だ。初次郎はいち早く江戸から姿を消した。それきりゆくえが分からない。

おしんが旅籠づとめを選んだのは、いろいろな客が泊まる旅籠にいればいつかは父に会えるかもしれない、という娘心によるものだった。

しかし、いまに至るまで、初次郎はゆくえ知れずのままだった。

「札所巡りでふっ切れて帰ってきてくれればいいんだけど」

と、おちよ。

「このまま長吉屋が時吉屋になったりしたら、おかみさんも大変ですものね」

「まさか」

おけいに向かって短く答えたものの、内心はおちよもそういう危惧を抱いていた。

これから千吉がだんだんに大きくなっていく。長吉屋の若い衆ではなく、時吉がわが子に料理や手習いを教えながら、家族でのどか屋を切り盛りしていきたいというのがおちよの偽らざる気持ちだった。

「由吉さんは大磯に戻ってたりしないんでしょうか」

おそめが問うた。

「もしそうなら、知らせが入ると思うんだけど」

おちよが小首をかしげる。

「なんにせよ、どんなにつらくたって、身投げなんかしちゃいけないわね」

おけいが猫たちのほうを見た。

のどかが、ふわあっと大きなあくびをした。

どう間違っても身投げなどしない猫たちの様子を見ていると、それだけで心がなごんでくる。

「わたしも眠くなってきたわ」

おちよが口に手をやった。

「寝てください、おかみさん」

おけいが身ぶりをまじえて言う。

「おかあ、あとは千ちゃんがやる」

頼りにならないわらべがそう言ったから、のどか屋に笑いがわいた。

三

「のどか屋さんなら、それでようございましょうが、いま少し彩りがあったほうが映えましょう」

何がなしに険のある口ぶりで、紋吉が言った。

板場から板場へ、諸国を渡り歩いて腕を磨いてきた料理人だ。長吉屋では時吉の弟子とはいえ、味の引き出しの多さには目を瞠るものがあった。

「うちでは合鴨《あいがも》はめったに使わないもので」

時吉はわずかに笑みを浮かべて答えた。

長吉屋は、のどか屋よりいくらか裕福な客が来る。一枚板の席ばかりでなく、仕切りのある部屋で手のこんだ会席料理を味わうこともしばしばあるから、料理の趣《おもむき》はおのずと違っていた。

いま時吉が仕上げようとしたのは、合鴨のもろみ焼きだった。

一刻《いっとき》（約二時間）ほどもろみ味噌に漬けた合鴨の肉を、厨の奥に置かれている天火《てんぴ》（石窯風の和風のオーブン）でこんがりと焼く。これを按配よくそぎ切りにすれば、食べごたえのある風味豊かな肴になる。

だが……。

一枚板の席に時吉が出そうとしたときに、紋吉から待ったがかかった。

「せっかく鴨の肉が紅く染まってるんですから、それに合う彩りがなきゃあ引き立ちません」

　紋吉はなおも言った。

「ほう。それはどんな彩りだね？」

　一枚板の席には、隠居の大橋季川が陣取っていた。もともとは長吉屋の客だし、

「どこに座っても、ご隠居はご隠居」となじみの者たちからはささやかれている。

「紅白の白もいいですが、季《とき》の息吹《いぶき》も考えて、さっとゆでた土筆《つくし》などをあしらうといいでしょう」

　得たりとばかりに、紋吉は講釈した。

「なるほど。ただ、もうできてるんだから、早く食べたいね」

　そこはかとなく時吉に風を送るように、隠居は言った。

「わたしも、鴨は久々なので」

　元締めの信兵衛も和す。

「なら、致し方ありませんな」

　紋吉は少し苦々《にがにが》しげな顔つきになった。

　時吉が長吉屋の厨に入ってからというもの、よろずにこんな調子だった。

　紋吉はうわべだけはへりくだり、時吉を立てているように見えた。しかし、その実、

「なんでえ、おれのほうが腕は上だぜ」という料簡がどこからともなく伝わってきた。

長吉屋の厨には、以前にはない冷えた空気が漂っていた。

ややあって、紋吉は次の肴を仕上げた。

「お待ち」

短く言って、手だれの料理人は皿を出した。

車海老の酒醤油《さかじょうゆ》焼きだ。

背わたを抜いた車海老にさらに切りこみを入れ、味がしみやすいようにしてから酒醤油につける。

それから焼くのだが、紋吉はここで手わざを使った。海老がまっすぐになるように伸《の》し串を打ってから焼いたのだ。

普通は背が丸くなる年寄りになぞらえ、息災で長生きできるようにと、縁起物として丸まった海老を出す。そこを逆手《さかて》に取ってまっすぐな海老にしたところが、紋吉の端倪《たんげい》すべからざる趣向だった。

「ほほう、丸いものと合わせてあるわけだね」

隠居が皿をのぞいて言う。

「さようで。酢取蓮根《すどりれんこん》と合い盛りにしてみました」

紋吉がいくぶん自慢げに答えた。

「彩りもいいじゃないか。敷いてある青いものは何だい？」

元締めが問うた。

「胡瓜《きゅうり》の葉を使わせてもらいました」

「ほほう」

相席になった常連の札差《ふださし》が声を発する。

「こりゃ、八百善《やおぜん》にも引けを取らないよ」

黒襟に黒裏、それに本博多《ほんはかた》の黒繻子《じゅす》の帯を締めた粋《いき》ないで立ちの札差は、そう言って太鼓判を捺《お》した。

「ありがたく存じます」

紋吉はにやりと笑った。

礼を言うのはまだ早い、と時吉は思った。

盛り方はともかくとして、味がお口に合いますかどうか、まずはお召し上がりくださいまし、と伝えるところだろう。

「青いものをほんの少し見せることで、海老の赤が引き立つわけです」

紋吉はなおもとくとくと講釈した。

「修業になるね」

いくらか皮肉をこめて、時吉は言った。

「焼き加減もちょうどいいよ。達者な腕だね」

札差はさらにほめた。

紋吉はちらりと時吉のほうを見た。

どうだ、という顔つきだった。

四

「おとう、今日はかえってくる?」

次の日の昼下がり、千吉がたずねた。

「毎日、行ったり来たりしてたら、おとうが疲れちゃうからね」

おちよが答える。

ゆうべは遅く帰ってきた。慣れない長吉屋を束ねる気疲れもあるのか、心なしか顔つきが陰って見えた。

「うん、しかたないね」

千吉が言うと、のどかが「そうだにゃ」とばかりに「みゃあ」とないた。

ややあって、表に出ていった千吉と入れ替わるように、常連がふらりとのれんをくぐってきた。

「ちょいと早かったかな」

顔を見せたのは、大橋季川だった。

「まあ、ご隠居さん、いらっしゃいまし」

「お掃除はもう終わっていますので」

おけいも笑顔で一枚板の席を指さした。

毎日、気を入れて拭いているから、檜の年輪がつややかに光っている。

「なら、座らせてもらうよ」

まだまだ足腰の達者な隠居は、一枚板の席に座るなり振り向いて言った。

「実は、昼を食べそびれてしまってね。目当ての蕎麦屋が見世をたたんでしまっていたものだから」

「まあ、それは。豆腐飯でしたら、おつくりできますが」

「いいね、頼むよ」

隠居の白い眉がやんわりと崩れた。

「お蕎麦屋さんは、何かいきさつがあってのれんをしまわれたんでしょうか」

おけいがたずねた。

裏手のほうから鼯唄が聞こえる。

旅籠の支度を終えたおそめとおしんが、千吉と遊んでやっていた。時吉の留守を、こうしてみなで盛り立てている。

「いや、とくにいきさつがあったわけじゃなく、流行《はや》らなかったんだろうね。筋のいい、うまい蕎麦を出す見世だったんだが」

「それだったら、流行りそうなものですけど」

おけいが首をひねる。

「あるじはおのれの出すものに自信があるらしく、客に向かって『静かに食え』みたいなことを日ごろから言ってたんだね。いくら蕎麦はうまくたって、それじゃ客は落ち着かないよ」

隠居が子細《しさい》を告げた。

「なるほど、それはいい感じがしませんものね」

おけいは得心のいった顔つきになった。

「実は、ゆうべ長吉屋へ行ったんだけどね。時さんと一緒にやってる紋吉っていう料理人も、そういった危ういところがある」

「それはおとっつぁんも言ってました。皿が下から出きっていないところがあると」

飯にのせる豆腐を甘辛く煮ながら、おちよが言った。

「そのあたりは、時さんも分かってるようなんだが、どこで切り出したらいいのか、ほかにもお客さんやお弟子さんがいるから、なかなかに難しいと思うよ」

隠居はそう言って、ゆっくりと腕組みをした。

「まあ、おとっつぁんは当分帰ってこないので、じっくり様子を見てからでいいでしょうね」

おちよが答えた。

だんだんに豆腐が煮えてきた。

「おお、いい香りが漂ってきたね」

隠居は目を細めた。

そして、やにわに即興で発句《ほっく》を詠んだ。

春は桜　小料理のどか屋豆腐飯

「桜はまだつぼみがほころんできたくらいだけどね」

隠居が笑う。

「なら、おかみさん、付句を」

季川ではなく、おけいがうながした。

「じゃあ、豆腐飯だから……」

そう前置きをして、おちよは付句を声に出して言った。

胡椒山椒よりどりみどり

「そりゃ、いいね。なんだかよだれがたれそうだよ」

隠居がそう言って口に手をやったから、のどか屋に和気が満ちた。

だが……。

おちよがいままさに仕上げようとしている豆腐飯を、隠居がそのまま食べることはなかった。

実に意外な成り行きになったからだ。

表であわただしい足音が響いたかと思うと、息せききって一人の男が入ってきた。

笠を取り、頬被りを脱ぐと、素顔が現れた。

黒四組の隠密廻り、万年平之助同心だった。

五

「おう、無理を聞いてくれ」

万年同心はやぶから棒に言った。

「どうしたんです？　万年さま」

おちよが問うた。

今日の同心は雪駄《せった》直しのいで立ちだった。

肩から籠をかけ、笠をかぶり、さらに頬被りもするから、隠密廻りにはうってつけだった。

（でいでい、でいでい……）

そんな面妖な声を発しながら御用を聞いていく。

「手を入れよ」がだんだんにつづまって「でいでい」になったのだそうだ。

むろん、万年同心は身をやつしているだけだから、声は発しない。雪駄直しを頼まれたら、見習いだからと言ってすげなく断るのだそうだ。

で、その雪駄直しに扮した同心が、手短にわけを述べた。

「例の大坂屋の主殺しの咎人、いま引き回しになってんだ。後ろ手に縛られ、馬に乗っけられてよ」

身ぶりをまじえて伝える。

「まあ、もうお仕置きに」

おちよが眉をひそめた。

「そうなんだ。で、市中引き回しのうえ獄門《ごくもん》になる咎人は、最後に何か望みを聞いてやるっていう決まりみてえなもんがあらあな。そいつを聞いてみたところ、咎人の手代の寅松が言うには……」

万年同心は、謎をかけるように一同を見た。

おちよとおけいが顔を見合わせる。

「手代さんが言うには？」

隠居が先をうながした。

「『もはや望みは何もありませんが、しいて申し上げるなら、この世の食べ納めに、何か江戸らしいものをいただきとうございます』と」

万年平之助は、巧みに声色《こわいろ》をまじえて伝えた。

「では、うちの料理を？」

おちよがわが胸を指さす。

「そのとおりだ、おかみ。おれはたまたま居合わせたんだが、そう聞いたら黙っちゃいられねえじゃないか。『すぐ近くの横山町にのどか屋っていう旅籠付きの小料理屋があるから、何か江戸らしい料理をつくってもらってくるぜ』と寅松に声をかけて、急いで駆けつけたっていうわけよ」

幽霊同心はいきさつを伝えた。

「なら、その豆腐飯はどうだい」

隠居が厨を指さした。

「おう、いいじゃねえか」

同心は手をぱんと打ち合わせた。

「のどか屋の豆腐飯なら、これ以上はねえっていうほどの江戸の味だ。食べ納めにはちょうどいい」

「承知しました。倹飩箱《けんどんばこ》で運びましょう」

おちよはただちに請け合った。

「胡椒と山椒は？　おかみさん」

おけいが問う。

「ちっちゃい瓢簞《ひょうたん》で」

「はい」

段取りはただちに整った。

かくして、隠居に出されるはずだった豆腐飯は、引き廻しの咎人の寅松に供せられることになった。

六

「慈悲である。縄目を解け」

役人がもったいぶった口調で手下に告げた。

「はっ」

寅松の縄目が解かれた。

「小料理のどか屋でございます。甘辛く煮たお豆腐をごはんにのせた豆腐飯、どうかお召し上がりくださいまし」

おちよはそう言って、倹飩箱から出した丼をうやうやしく差し出した。

「お好みで胡椒か山椒をかけられますが、いかがいたしましょう」

おけいが瓢簞をかざした。

「では……山椒をちょうだいできればと」

寅松はていねいな口調で告げた。

「承知しました」

丼の蓋を取り、粉山椒をはらりとかける。

ほどなく、まだあたたかいのどか屋の豆腐飯が咎人の手に渡った。

じっとしている馬の背で、感慨深げに箸を取る。

「寅松、たんと食え」

大坂屋で同じ釜の飯を食っていたとおぼしい男が声をかけた。

寅松は小さくうなずき、豆腐飯を崩して口に運んだ。

「……おいしい」

声がもれる。

「江戸の味かい？」

寅松は無言でうなずいた。

さらに食す。

ほっ、と一つ吐息がもれた。

「うめえか？」

「たんと食え」

引き廻しに集まった者たちは、こぞって寅松に同情していた。

だれが見ても、非は大坂屋のあるじとおかみのほうにあった。鬼畜《きちく》のような所業を行っていたのは、雇い主のほうだ。

寅松はとても咎人には見えなかった。利発そうな顔立ちで、瞳にも曇りがなかった。よきあるじに恵まれていれば、お店者《たなもの》としてのつとめをまっとうし、首尾よくのれん分けをされ、家族とともに安楽に暮らせたかもしれない。

いかにもそう思わせる人品だったから、見守る者は何とも言えない心地がした。

「……おいしゅうございます」

喉の奥から絞り出すように、死んでいく寅松は言った。

「のどか屋さんの豆腐飯、おいしゅうございます」

寅松は重ねて言った。

その目尻からほおにかけて、つ、とひとすじの水ならざるものがしたたる。

「よかったな、寅松」

「浄土へ行っても、その味を忘れるな」

仲間たちから声が飛んだ。

「いえ」

一つ首を横に振ると、寅松はやや間を置いてから言った。

「ここが、浄土でございますよ」

思いがけない言葉だった。

「ここが浄土だって？」

万年同心は意外そうな顔つきになった。

「はい、さようでございます」

寅松はそう言って、また少し豆腐飯を食べた。

そして、きれいに晴れ上がった青い空に目をやってから続けた。

「こたびの成り行きになったのは、わたくしの心がけが悪かったせいでございましょう。お裁きを受けるのは、やむをえないことでございます」

「んなことはねえぞ」

「悪いのは大坂屋のあるじとおかみじゃねえか」

「おまえさんは、人を助けたんだ。やむにやまれぬ心持ちでやったんだ。お慈悲はないのかよ」

「そうだ、そうだ。お慈悲で遠島にしてやれよ」

矛先を急に向けられた役人が、静まれと身ぶりで示す。

「良いのでございます」

寅松は落ち着いた口調で言った。

「短いあいだでしたが、この江戸で暮らすことができました。つらいこともありましたが、楽しい思い出もございました。ここで生きてきたところが……この江戸が、わたくしにとっての浄土でございました。そして……」

寅松は言葉を切ると、何かを思い切るように残りの豆腐飯を平らげていった。

「最期に、こんなにおいしいものをちょうだいすることができました」

刑場へ引かれていく若者は、そう言って笑みを浮かべた。

「のどか屋さんの豆腐飯、本当においしゅうございました」

馬上の人は深々と礼をした。

おちよもおけいも頭を下げた。胸が詰まって、言葉にはならなかった。

丼が返ってきた。

そこについた飯粒は、忘れがたいたたずまいをしていた。

寅松は再び縄目を打たれた。

そして、また引き立てられていった。

「寅松さん……」

おちよはようやく声を発した。

これからお仕置きになる若者が、澄んだまなざしで見た。

「ありがたく存じました」

のどか屋のおかみとして、おちよは心から礼を言った。

寅松は笑みを返した。

いつまでも心に残る笑顔だった。

第七章　心の茶碗蒸し

一

秩父の桜の蕾《つぼみ》はまだ堅かった。

白装束に身を包んだ長吉は、いつもどおりの早足で歩いていた。

そのせいで、いくたりもの巡礼者を追い抜いた。

「先に行かせていただきます」

そう声をかけて進んでいく。

吾野《あがの》から難所の正丸峠《しょうまるとうげ》を越え、長吉は秩父に入った。朝早く発ったから、まだ日は高い。春の日差しを浴びて、武甲山《ぶこうさん》の頂《いただき》が美しく光っている。

札所一番から回ろうかとも思ったのだが、吾野からだと八番のほうが近い。いわゆる逆打ちは普通に行われているようだから、札所の順にはこだわらず、「八番初め」で行くことにした。

「ふう」

長吉は額の汗をぬぐった。

健脚の者でも、最後の上り坂はなかなかにつらかった。しかし、いざ上りつめてみると、武甲山がより近く感じられた。

太古からそこに在《あ》る山をながめていると、心にたまった澱《おり》が雪《すす》がれていくような心地がした。

それればかりではない。庭に植わった、樹齢何百年とも知れない紅葉《もみじ》の大木の枝ぶりに心を打たれた。

（見な）

長吉は「同行二人」と書かれた笠に手をやった。

弘法大師《こうぼうだいし》とともに巡礼の道を歩むという意味だが、長吉にとってはそればかりではなかった。秩父の札所に来たのは、そもそもは死んだ女房が夢枕に立ったからだ。

（これだけでも、来た甲斐があったじゃねえか）

心の中でそう告げて、紅葉の大木を指さす。

次の巡礼者が来た。

背には「南無観世音菩薩《なむかんぜおんぼさつ》」と記されている。それを見て、長吉は我に返った。まずはお参りをせねばならない。

本尊の十一面観世音菩薩は、根岸堂《ねぎしどう》という奥のお堂に祀《まつ》られていた。まずはそれを拝み、最初の札を納める。

寺には観音様ばかりでなく、阿弥陀如来《あみだにょらい》も祀られていた。左に観世音菩薩、右に勢《せい》至《し》大菩薩を配した三尊像だ。

ちょうど住職が出てきた。長吉はいくらか年下の巡礼者とともに、本堂でありがたいお話を聞いた。

「どの御仏《みほとけ》も、いくらか前かがみになっておられましょう?」

福相の住職が、穏やかな笑みを浮かべて言った。

「ええ。こちらに向かってくるような感じがします」

長吉が答える。

「御仏は、少しでも早く極楽浄土へ導こうとされているのですよ」

住職は謎を解いた。

「ありがたいことでございます」

もう一人の巡礼者が両手を合わせる。

「阿弥陀三尊が、西の善き浄土へお導きくださるということで、西善寺《さいぜんじ》という名前になりました」

住職は寺名の由来を明かした。

「秩父の西にあるからっていうわけじゃないんですね」

と、長吉。

「はい。ここが浄土の入口なのでございます」

住職は庭を指さした。

そこには紅葉の大木があった。秋には浮き足立つばかりの彩りを見せる紅葉も、いまは落ち着いたたたずまいだ。

「ここが浄土の……」

長吉は目を細くした。

由吉の一件があり、江戸も料理屋の厨も嫌になって、亡き女房の宿願でもあった秩父の札所巡りを始めた長吉だが、いざ浄土の入口に立ってみると、進んで飛びこむ気にはなれなかった。

「阿弥陀様におすがりし、ただ一心に念仏を唱えていれば、西方浄土からありがたいお迎えが来てくださるわけですね？」

巡礼者が澄んだ目でたずねた。

「そのとおりでございます」

住職が両手を合わせる。

「おれみたいに、生《しよう》のものをたくさん殺めてきた料理人でも、浄土へ行けますか」

「もちろんです」

住職はすぐさま答えた。

「御仏の掌《たなごころ》は海よりも広いのです。どんな罪業《ざいごう》であっても、一心に念仏を唱えれば、必ずや西方浄土への扉は開かれます」

「どんな罪業であっても……」

長吉は復唱した。

その脳裏に、ふと浮かんだ顔があった。

それは、死んだ女房ではなかった。

大川に身を投げた由吉だった。

二

墨堤《ぼくてい》の桜が咲きはじめた。

浅草の福井町の長吉屋には、花見弁当の注文がいくつも入った。

初めのうち、時吉が弁当づくりを仕切っていたが、紋吉が少しずつ口出しをするようになった。

「桜漬けで彩りを添えたほうがようございましょう」

「葉蘭の飾り切りをのせれば、だし巻きの黄色がなお引き立ちましょう」

言葉遣いはていねいだが、いくぶんかは挑《いど》むような口調で紋吉は言った。

いささか腹立たしいことに、紋吉の言うとおりだった。時吉が按配した弁当に、細工を一つ加えるだけで彩りが良くなり、格段に引き立つ。

もともと、飾り切りや鳥などをかたどるむきものは、おちよのほうがよほど腕が立つ。見てくれだけの勝負だったら、時吉はどうも分《ぶ》が悪かった。

「おれがあいつに教えることはないからな。どうも嫌になってきた」

のどか屋に戻ったおり、時吉はおちよにそんな愚痴をこぼした。

「じゃあ、味はどう？」

おちよが問う。

「それも隙がない。いくぶん味つけが濃すぎるような気もするんだが、そのあたりは料理人によりけりだろう」

時吉はそう答えて、わずかに嘆息した。

「でも、おまえさんが勝ってるところはたくさんあるはずよ」

「剣術とかか？」

半ばやけ気味に時吉は言った。

「そうじゃなくて、お料理でも、ほかのことでも」

おちよはまじめに答えた。

そこで一段落し、手代の寅松に最期の豆腐飯を供した話になった。

「ここが浄土、か」

これからお仕置きを受けに行く若者の言葉を聞かされ、時吉は感慨深げな面持ちになった。

「どんなにつらいことがあったって、いま生きているここが浄土だ、ここで生きる、と思うようにしなきゃね」

わが身に言い聞かせるように、おちよは言った。

「そうだな」

時吉の顔つきがようやく晴れた。

三

その翌日。

長吉屋に出前の注文が来た。

花見弁当ではなかった。ほかの豪勢な仕出しでもない。注文されたのは、たった一つの品だった。

「さようでございますか、表具屋の武江堂《ぶこうどう》さんが……」

時吉の表情が曇った。

「父はこちらにいくたびも足を運び、おいしい料理を頂戴してまいりました」

表具屋の跡取り息子の武造《たけぞう》が沈痛な面持ちで告げた。

「さりながら、いままで三人の先生に診ていただきましたが、いずれも首を横に振られるばかりで……これはもう寿命だとあきらめるしかあるまいと」

武造の声がかすれた。

「それは、おいたわしいことで」

時吉はていねいに頭を下げた。

「で、父が申しますには……」

跡取り息子は用向きを切り出した。

「いままで長吉屋さんでたくさんのおいしいものをいただいてきたけれども、もはやかむ力が弱っていて、食べられるものはかぎられている。そのなかで、どうしても一つ、もう一度食べたいたいものがある。それをいただいてからあの世へ行きたい、と、父はそう申すのでございます」

「それは何でございましょう」

時吉は身を乗り出した。

紋吉も、ほかの若い弟子も、じっと答えを待った。

一つ咳払いをしてから、武造は答えた。

「茶碗蒸し、でございます」

その答えを聞いて、時吉は、ああ、と思った。

長吉屋の茶碗蒸しは、実にやさしい味がする。

元になる玉子汁を二度こしてなめらかにしてから蒸すため、仕上がりの舌ざわりとのどごしが違ってくるのだ。のどか屋でも同じものを出し、これまでいくたびもご好評をいただいてきた。

「承知しました」

時吉は引き締まった顔つきで答えた。

「心をこめて、つくらせていただきます」

「どうかよしなにお願いいたします。わたくしが持ち帰り、父に食べさせますので」

武造は深々と頭を下げた。

椎茸、銀杏《ぎんなん》、鶏のささ身、三つ葉、それに、毬麩《まりふ》を入れるのが長吉流だ。銀杏は塩蔵してあるし、椎茸は干したものを戻して使う。時吉は師匠から教わったとおりに心をこめてつくった。

この味よ、届け。

おいしくなれ。

そう念じながら手を動かせば、料理人の思いは届く。

だが……。

いよいよ蒸し上がりという段になって、思わぬ成り行きになった。

また紋吉が口を出したのだ。

「彩りに、桜漬けをふたひらほどあしらったほうが、季《とき》が出てようございましょう」

「そんなものは、いらない」

時吉はすぐさま言った。

「ほう」

紋吉の顔色が変わった。

「桜漬けの赤が入ったほうが、銀杏の黄色や三つ葉の青が引き立ちましょうに」

時吉を侮《あなど》るかのように言う。

「武江堂さんが召し上がりたいのは、うわべだけの彩りや季の息吹《いぶき》なんかじゃない」

「では、何なのでしょうか」

やや上目遣いに、紋吉は問うた。

「心だよ」

時吉はわが胸をたたいた。

跡取り息子がうなずく。

「武江堂さんは、いままでいくたびも召し上がってきた同じ味の茶碗蒸しを所望されたんだ。おのれの寿命を悟り、あの世へ行く前にもう一度、最期の料理として召し上がりたいと申されてるんだ。それは見かけだけ美しくて華やかな茶碗蒸しじゃない。心の茶碗蒸しなんだ。分かるか？」

時吉は熱っぽく語った。

紋吉は言い返さなかった。

何かに打たれたような、あいまいな顔つきで黙ってしまった。

四

武造が次に長吉屋ののれんをくぐったのは、それから五日後のことだった。

「通夜と葬儀でばたばたしておりまして、茶碗を返しにうかがうのが遅くなってしまいました」

武造はそう言って頭を下げた。

「すると、武江堂さんは……」

時吉の動きが止まった。

「はい、身罷《みまか》りました」

跡取り息子は落ち着いた声で告げた。

「さようでしたか……それは、ご愁傷《しゅうしょう》さまでございました」

時吉は深々と一礼した。

「安らかな最期でした」

武造はそう言って、一つ吐息をついた。

「茶碗蒸しは召し上がっていただけましたでしょうか」

時吉が問う。

「はい。わたくしが匙《さじ》ですくって口に運びましたところ、父はゆっくりと味わいながら食べておりました」

「さようですか」

時吉は感慨深げにうなずいた。

いくらか離れたところに、紋吉が立っていた。鋭いまなざしで、二人の話をじっと聞いている。

「『これが、長吉屋の味だ』と、父は言っておりました」

武造が言う。

「長吉屋の、味だと」

「はい。そして、『もういい』と満足げに言うと、静かに目を瞑《つむ》りました。そして、その晩のうちに……」

長吉屋に、何とも言えない間《ま》が漂った。

「亡くなったんだね」

ちょうど一枚板の席に座っていた常連客が訊く。

「さようです。かすかな笑みを浮かべているみたいな、安らかな死に顔でした。長吉屋さんで楽しく過ごしたときのことを、父は思い出していたのかもしれません」

跡取り息子は、しみじみと言った。

「こう言っちゃ何だが、いい死に方だね。わたしも最期に、いちばん食べたかったものをいただいてあの世へ行きたいもんだよ」

常連はそう言って、猪口の酒を呑み干した。

「父が食べ残した茶碗蒸しは、わたくしがいただきました。あの優しい味を、この先も一生忘れることはないでしょう。いただくたびに、父のことを思い出すでしょう。……このたびは、本当にありがたく存じました」

武造はそう言って、もう一度ていねいに礼をした。

その晩、時吉はのどか屋に戻らず、長吉屋で仕込みをしていた。

蛤《はまぐり》を塩水につけ、干物をこしらえる。ついいつもの癖で、猫が跳んでも届かない高さに吊るそうとして、時吉は苦笑いを浮かべた。

掃除をして終《しま》いにしようと厨に戻ると、紋吉がぬっと姿を現した。

「時吉さん」

思いつめた顔で声をかける。

「何だ」

時吉が短く問うと、紋吉は少し間を置いてから言った。

「わたしの料簡が違ってました」

思い切ったように告げると、紋吉は短い息をついた。

「武江堂さんの茶碗蒸しのことか」

「はい」

紋吉は、薄紙が一枚剝がれたような顔つきをしていた。

「わたしの思案した茶碗蒸しには、心がこもってませんでした」

紋吉は殊勝《しゅしょう》に言った。

その肩を、ぽんと一つ、時吉はたたいた。

「それが分かれば、鬼に金棒だ」

笑みを浮かべて続ける。

「実は、師匠からよくよく言われていたんだ」

「師匠から？」

驚いて問う。

「そうだ。紋吉は腕に不足はないが、皿が上から出ている、そのあたりの料簡違いを諭してやってくれと」

「師匠が……そんなことを」

紋吉は目をしばたたかせた。

「おまえさんの腕は天下一品だ。わたしもまるでかなわない」

時吉は素直に認めた。

「さりながら、腕がいい料理人の見世が流行《はや》るとはかぎらないのが難しいところだ。師匠はそのあたりをずいぶんと気にかけていた」

紋吉は唇をかんだままうなずいた。

「おのれでは、皿を下から出しているつもりでも、『どうだ、凄い手わざだろう。盛り付けも美しいだろう』という料理人の鼻が見えてしまう。お客さんが召し上がりたいのは、あくまでもおいしい料理だ。料理人の自慢を食べたいわけじゃない」

時吉はここぞとばかりに言った。

「やっと、分かりました」

紋吉は喉の奥から声を絞り出した。

「なら、もう大丈夫だ」

肩の荷が下りたような気分で、時吉は言った。

「それさえ分かれば、この先どこにのれんを出してもやっていけるだろう。師匠もそう言っていた」

紋吉は感慨深げにうなずいた。

そして、わずかに表情をやわらげて言った。

「武江堂さんが最期に召し上がった茶碗蒸しのような料理も、わたしもつくりたいものです」

「心の茶碗蒸しだな」

「はい」

おのれの料簡違いを悟った料理人は、澄んだいい目をしていた。

「つくれるさ。いくらでも」

時吉は言った。

「もしそんな料理がつくれたら、料理人冥利《みょうり》に尽きます」

その言葉を聞いて、時吉はまた安堵した。

これから先、紋吉は必ず皿を下から出すだろう。

間違っても、「どうだ、この見事な料理を食え」とばかりに上から出したりはしないだろう。

「おまえさんがのれんを出したら、ただの客として食べに行くよ」

時吉が言うと、紋吉ははっきりとした笑顔になった。

そして、早くも料理屋のあるじの声で答えた。

「お待ちしております」

第八章　初鰹と戻り鰹

一

秩父の桜も満開になった。

桜並木の名所があるわけではなく、思い出したように植わっているだけだが、かえってそのほうが風情《ふぜい》があった。武甲山をうしろに従えて短い盛りを咲く花を、長吉はいくたびも目を細くしてながめた。

札所巡りはいよいよ結願《けちがん》に近づいた。

秩父札所の第三十四番、日沢山水潜寺《にったくさんすいせんじ》は、日本百観音の結願の寺でもある。西国《さいごく》に三十三、坂東《ばんどう》に三十三。秩父も同じ三十三だと百に足りないから、ここだけは一つ足して三十四になっている。その百霊場の締めくくりの寺だ。

観音堂に通じる石段の下に至ると、上から御詠歌《ごえいか》が聞こえてきた。

萬代《よろづよ》の　願ひをここに納めおく
苔の下より　出づる水かな

秩父だけで百観音ではないが、それでも、やっとここまで来たという感慨があった。長吉は疲れた脚をなだめながら最後の石段を上り、参拝を済ませた。

ゆうべ、宿で心をこめてお経を写していた。さらさらという筆の走る音にまぎれるように、聞き取れないほどかすかなささやきが響いているような気がした。

「おまえさん、明日で結願だね」

「同行二人も、もう終わりだね」

むろん空耳《そらみみ》だろうが、死んだ女房の声が聞こえるかのようだった。

長吉は納経所に向かった。

「お願いいたします」

納経帳を差し出す。

「ご苦労様でございます。結願、おめでたく存じます」

初老の僧がうやうやしく受け取り、ややあって達筆の朱印を返した。

観音堂からは山桜が見えた。渋い色合いの花をしばし愛《め》でていた長吉は、ほかの白装束の人々の流れに従い、清水の湧く洞窟のほうへ向かった。

いささか足元は悪いが、中には石仏が祀られている。洞窟の胎内くぐりをすれば、再び生まれ変わったような心持ちで俗世に戻っていくことができると伝えられていた。

ほっ、と一つ太息をつき、長吉は洞窟に入った。

ここが、巡礼の旅の終わりだ。

この洞窟を抜ければ、また江戸へ帰らなければならない。

弟子の由吉の身投げなど、いろいろなことがあってずいぶんと気も滅入ったけれども、いまは妙に晴れやかな心地だった。江戸へ戻れば、何かいいことが待っているような気がした。

(おめえは、もう帰るか)

死んだ女房に向かって、長吉は胸のうちで告げた。

洞窟の中を、春の風が吹き抜けていく。

(おっつけ、おれもそっちへ行くからよ。ちょいと待ってな)

仏の前に出た。

長吉は両手を合わせ、最後の願いごとをした。

見世が繁盛し、弟子たちが息災で暮らせるようにと願った。

そして、深々と一礼してまた歩きだした。

心細い洞窟の中の道は、ところどころが濡れていた。

「そこはすべるから危ないぜ」

長吉は声に出して言うと、吹き抜ける風の中へそっと手を差し伸べた。

二

「申し訳ありません、おかみさん。掃除をしていて気がつかなくて」

おしんがすまなさそうに言った。

「いいのよ。人手が足りないんだから仕方ないわ」

おちよがいくらか疲れた声で答えた。

時吉がいないところに加えて、今日はおそめが風邪で休んでいた。おちよとおけいは昼の膳の片付けものと二幕目の仕込みに忙しく、旅籠のほうはおしんに任せてあった。

そこへ客が来たのだが、あいにくすぐ出られず、「こんな旅籠に泊まれるか」と腹を立てて帰られてしまった。せっかく魚籠《びく》に入りかけた魚に逃げられてしまったものだから、おしんは半ば泣きそうな顔をしていた。

「わたしも昨日、朝膳でしくじっちゃったから」

おけいが芋をむきながらなだめる。

時吉が長吉屋へ行ってしまってから、おちよは小料理屋に旅籠にと大車輪の働きだった。こういうときにかぎって町内の寄合やどぶさらいなどがあったりするから、まったく身の休まるいとまがない。

見かねたおけいが、少しでも休んでもらおうと、おちよに久々の朝寝をさせて、厨仕事を買って出た。

しかし……。

大火のあとの慈善鍋などをつくっていたから、豆腐飯と味噌汁くらいなら大丈夫だろうと思いきや、どうも味が濃すぎたらしく、常連の職人衆から文句を言われてしまった。良かれと思って手を挙げたのだが、かえってのれんのためにならなくなってしまい、いつも元気なおけいもずいぶんとしょげていたものだ。

「同じしくじりをしないようにすればいいわよ。前を向いて行きましょう」

おちよは笑みを浮かべて言った。

「はい」

おしんの表情がようやく少し晴れた。

「それにしても、男手がないのは不便ねえ。おとついも風で干し棚が夜中に倒れちゃったし」

おちよがそう言って髷にちらりと手をやった。

「そうですよね、猫も含めて女ばっかりだから」

おけいがしっぽをぴんと立ててとことこ歩いてきたゆきを指さした。

「千ちゃんが、いる」

千吉がやや不服そうに言った。

「ああ、千ちゃんがいたわね。大事な男手を忘れてたわ」

おけいが笑みを浮かべる。

「ほんとに、手伝ってくれるのはありがたいんだけどねえ」

おちよは苦笑いだ。

父の背を見て育ったから、とかく厨で包丁を握りたがるのだが、合戦場のような忙しさの昼膳づくりでは邪魔になるばかりだ。思わず邪険《じゃけん》にすると、さすがにまだわらべでわんわん泣き出してしまう。

そうかと思えば、千吉なりに思案したのだろうが、朝膳つきの旅籠代が三十六文などという法外な安値で呼び込みをして、おちよがあとで平謝りという一幕もあった。その値だったらたちまちつぶれてしまう。

「そういえば、おかみさん、妙なことを言ってる人がいるみたいなんです」

芋の皮むきを手伝いながら、おしんが切り出した。

「妙なことって？」

おちよが問う。

「ええ……」

おしんは少し言いよどんでから続けた。

「のどか屋のあるじはゆくえをくらましてしまったから、あそこはもう終わりだろう、って」

「だれがそんなことを？」

おちよは気色ばんで訊いた。

「松藤屋《まつふじや》の法被《はっぴ》を着てました」

おしんは同じ横山町のあきないがたきの名を出した。

元締めの信兵衛はのどか屋のほかにも旅籠を何軒も持っているから快く思っていないのだろうが、ここぞとばかりに根も葉もないうわさを流したりするとは料簡違いもはなはだしい。

「まあ、そんないい加減なことを」

「文句を言ってやりましょうよ、おかみさん」

おけいも顔に怒りの色を浮かべた。

「千ちゃんが、もんくいう」

わらべがだしぬけに言い出したから、のどか屋の空気がいくらか和らいだ。

「おまえはいいから」

おちよが笑う。

「だって」

「おとうが帰ってきたら、文句を言ってもらおうね」

「おとうはいつ帰ってくるの？」

千吉はたずねた。

「じいじが江戸へ帰ってきたらね」

「じいじは？」

「さあ、どうかしらね」

おちよは首をかしげた。

「やっぱり、何やかやで男手がいりますものね、おかみさん」

おけいが言う。

「そうね。どうにかならないものかしら。そもそも、女ばかりだと不用心だし」

おちよは嘆息した。

だが、さほど間を置かず、その悩みは消えることになった。

長吉が江戸に戻り、時吉がのどか屋に戻ってきたわけではない。

これまた、思いがけない成り行きになった。

三

のどか屋は町場の小料理屋だからとくに初鰹にはこだわらないが、長吉屋は番付にも載っている見世だ。札差などの裕福な旦那衆も折にふれて顔を見せる。初鰹は欠かせない季《とき》の恵みだった。

「お待たせいたしました。まずは、身のほうのたたき漬けでございます」

紋吉がそう言って、一枚板の席に皿を出した。

斜めうしろでほかの肴をつくりながら、時吉は目を細くして見守っていた。紋吉は皿をうやうやしく下から出していた。これならもう大丈夫だ。

「これは好物なんだ」

隠居が笑みを浮かべた。

「この時分は、うちにいらしても鰹は出ませんからね」

時吉が言う。

「まあ、たまには贅沢《ぜいたく》もさせておくれ」

隠居はそう言って、鰹のたたき漬けに箸を伸ばした。

皮を引いた鰹をざるに載せ、熱い湯を回しかけて霜降りにする。湯を切ってから器に入れ、酒を注いで井戸に下ろして冷やす。

いささか不可解な手順だが、辛子《から》醤油《しじょうゆ》で食すと忘れられない味になる。鰹といえば普通はたたきだが、こと長吉屋ではたたき漬けを所望する客が多かった。隠居もその口だ。

「おいしいですねえ、ご隠居」

隣り合わせた銘茶問屋のあるじがうなる。

得意先をひとわたり回り、軽く長吉屋で盃を傾けてから見世に戻るのが常だ。浅草にはそういう常連がいくたりもいる。

「初鰹の味は、いくつになってもこたえられないね」

「まったくです。このとろけるような鰹を食べたら、なんだか生き返るような心地がしますよ」

常連の一人は何とも言えない笑顔になった。

「では、わたしは皮のほうを」

今度は時吉が肴を出した。

鰹がうまいのは身だけではない。皮もさまざまな肴になる。

引いた鰹の皮に薄塩を当て、裏表ともにこんがりと香ばしく焼いて短冊切りにする。これに大根おろしをたっぷり合わせ、小口切りの葱の青いところとおろし生姜も添える。最後に醬油を回しかけてざっくりとまぜ合わせれば、さっぱりとしてうまい肴の出来上がりだ。

「これもいいね」

隠居が相好を崩す。

「お、葱の白いところも使うのかい」

銘茶問屋のあるじが、厨を覗きこんで問うた。

「はい。鰹の皮で葱を巻いて、焼かせていただきます」

紋吉は前とは違ったやわらかな物腰で答えると、竹皮の紐で器用に鰹の皮を巻いて留めた。

これに串を打ち、塩を振ってさっと焼く。

「見事なもんだね。その手わざも料理のうちだよ」

「ありがたく存じます」

隠居に一礼すると、紋吉は素早く串を抜き、鮮やかに切って俵型に盛り付けた。ぽん酢をかけてお出しする。

「お待ちどおさまです」

鰹の皮の葱巻きだ。

「鰹の身と皮、葱の青いところと白いところ、うまく役者を使うもんだね」

「あきないにも一脈通じてますな、ご隠居」

「と言うと？」

季川が銘茶問屋のあるじを見た。

「人にはどうしたって向き不向きがありますから。得意先を調子よく回るのが得手な青葱がいれば、帳場でじっくりと銭勘定をするのが得手な白葱もいる。そのあたりの役者をよく見極めて使っていきませんと」

「なるほど、うまいことを言うね」

隠居が笑みを浮かべたとき、長吉屋にまた新たな役者が現れた。

「長吉さんはいらっしゃいますか？」

いくぶん腰をかがめて、初老の男が入ってきた。

ただの客には見えなかった。どうやら長吉をたずねてきたらしい。

「あるじはただいま江戸を離れておりますが」

時吉は答えた。

「江戸を離れて……さようですか」

にわかに戸惑いの色が浮かんだ。

「秩父の札所巡りに出かけたもので、いつ戻るか分かりかねるんです」

時吉は包み隠さず伝えた。

「さようですか……」

困ったような顔つきで、男は重ねて言った。

「どのようなご用向きでしょうか。わたしから伝えておきますが。留守を預かっている時吉と申します」

時吉が名乗ると、男は意外なことを口走った。

「横山町の、のどか屋の時吉さんで？」

「さようですが……なぜわたしの名を？」

時吉はけげんそうな顔つきになった。

「申し遅れました。わたしは大磯で船宿をやっております、富造《とみぞう》と申します」

「大磯の、船宿……」

そう言われて、はたと思い当たった。

男は振り向き、長吉屋の入口のほうを見た。

そして、表にも届くほどの声を出した。

「おーい」

それに応えて、まず小柄な女が入ってきた。

「おいで」

うしろに声をかける。

ほどなく、最後の男が顔をのぞかせた。

時吉は思わず目を瞠った。

それは、大川に身を投げたはずの由吉だった。

四

「初鰹の季節だけど、戻り鰹で良かったじゃないか」

隠居が小粋なことを口走った。

長吉屋には仕切りのある座敷がいくつかある。祝いごとや相談ごとに重宝な部屋でゆっくりと料理を味わってもらうためだ。

落ち着いたところで話を聞くほうがいいだろうという気くばりで、時吉は厨を紋吉に任せ、大磯の船宿の家族をこの小部屋に案内した。いきさつを知っている隠居をまじえて、いま話が始まるところだ。

「このたびは、せがれが大変なことをしでかしてご迷惑をおかけしてしまい、おわびのしようもございません」

大磯で富士家という網元料理の船宿を営んでいる男が、時吉に向かってていねいに頭を下げた。

「申し訳ないことでございます」

おかみのおたけも和す。

「書き置きを残して大川に飛びこんだものの、死ねなかったのか」

時吉は問うた。

「はい……おいら、泳ぎが得意なもので」

由吉は消え入りそうな声で答えた。

ああ、と時吉は思い当たった。そういえば、そんなことを口走っていた。

「で、そのあとはどうしたんだい？」

隠居が温顔でたずねた。

「ここにも、のどか屋さんにも戻れず……大磯へ帰ろうとしたんですが」

由吉はつらそうな表情になった。

「面目なくてうちにも顔を出せず、神社や寺の境内などで寝泊まりをしていたらしいんです」

代わりに父が答える。

「そのうち、知り合いに顔を見られて、もう駄目だと思って、恥をしのんで家に戻りました」

由吉は言葉を絞り出した。

「ま、なんにせよ、命あっての物種じゃないか。若いんだから、いくらでもやり直しがきくよ」

隠居がそう言って酒を注いだ。

「はい……こたびは思うところがあって」

由吉はそう答え、少し考えてから猪口の酒を呑み干した。

「思うところとは？」

時吉が問う。

「大川に身を投げたとき、足を手ぬぐいで縛って、本当に死ぬつもりでした」

息子の話を聞いて、母が目尻に手をやる。

「ところが……どんな魚か分かりませんが、ふっとおいらのほおをかすめて泳いでいったんです。それに驚いて足をばたばたと動かした拍子に手ぬぐいが取れて、ふと気がついたら岸まで泳ぎ着いていました」

「へえ、それじゃ、魚に助けられたようなものだね」

隠居が感心したように言った。

「そうなんです……魚がさばけなくて、もう料理人は駄目だと思って身投げをしたおいらのほおを、魚がなでていったんでさ。思い直せって」

由吉は身ぶりをまじえて言った。

「思い直せと」

時吉がうなずく。

「うちへ帰ってから、せがれは人が変わったみたいに働きだしました。そのうち、いままであんなに尻込みしていた目のついた魚もさばけるようになったんです」

「ほう」

時吉は由吉を見た。

今度は若者がうなずいた。

「いままで言われてきたことが、やっと身にしみて分かりました」

由吉はそう言って一つ息をついた。

「魚の命を奪うんじゃない。おいしい料理に変えて、ちゃんと成仏させてやるんだ。師匠から言われたことが、あの日、大川で死にかけたときに、やっと分かったような気がするんです」

「魚が教えてくれたんだよ」

隠居の目尻にいくつもしわが寄った。

「ひょっとしたら、ご先祖様かもしれないね。ありがたいことだ」

「はい」

再び、由吉がうなずく。

「つきましては、あつかましいお願いなのですが……」

そう前置きしてから、富造はやおら肝心な話を切り出した。

「せがれは生まれ変わった気で修業をやり直したいと言ってるんです。身投げの件は水に流して、もう一度こちらで修業させていただくわけにはまいりませんでしょうか」

「なるほど」

時吉はうなずいた。

「どうかよしなにお願いいたします」

おたけも頭を下げた。

「もう魚もさばけますので」

以前より引き締まった顔で、由吉は言った。

「それなら……師匠が戻ってくるまで、うちの厨を手伝ってもらえないか」

少し思案してから、時吉は言った。

「のどか屋さんの手伝いですね？」

「そうだ。ちよが大変らしいから、助けてやってくれ」

「わたしもそう言おうかと思ってたんだよ」

隠居が温顔をほころばせた。

「承知しました」

由吉は力強くうなずいた。

「なら、今度こそ最後までやり遂げるんだぞ」

父が励ます。

「一人前になって帰ってくるのを、母さん、待ってるからね」

母も和した。

「では、あとで一緒にのどか屋へ」

「はい」

由吉はいい目つきで答えた。

「ところで、今日の宿はどちらに？」

ふと思いついて、時吉はたずねた。

「まだ決めていないんです」

「だったら、空きがあれば、ぜひともうちにお泊りください」

旅籠のあるじの顔で、時吉が言った。

「如才がないね」

隠居が笑う。

「では、一緒に参りましょう」

大磯から来た客も、憂いのなくなった笑みを浮かべた。

第九章　山吹焼きと小判焼き

一

のどか屋に着くころには、もうあたりは暗くなっていた。おけいたちは浅草の長屋へ帰り、千吉は二階で寝る頃合いだ。

それかあらぬか、由吉がのれんをくぐってきたとき、おちよは思わず短い悲鳴をあげた。死んだはずの由吉が思いつめたような顔で入ってきたから、幽霊に見えても無理はなかった。

「本人だよ。身投げをしたが、泳ぎが得手だったので助かったんだ。いったん大磯の家に戻っていたらしい」

時吉が手短に告げた。

「ああ、驚いた」

おちよは胸に手をやった。

「びっくりさせてしまって、相済みません、おかみさん。厚かましいですが、こちらでまた修業させていただければと」

由吉は腰を低くして言った。

「こいつは魚をさばけるようになったんだ」

時吉が伝える。

「目のついた魚を？」

おちよが目に指をやった。

「まだ念仏を唱えてからですが、なんとかできるようになりました」

由吉がそう言ったから、おちよは思わず時吉の顔を見た。

「死にかけて、生まれ変わったみたいだ」

時吉は笑みを浮かべると、うしろに立っている者たちを手で示した。

「こちらは大磯から見えたご両親だ」

時吉が紹介した。

「このたびは、せがれがご迷惑をおかけしました」

「相済まないことでございます」

富士家の二人が頭を下げる。

「いえいえ、とんでもないことでございます」

厨から出て、おちよがあわてて礼を返した。

「ところで、隣は空いてるな？」

時吉が指さした。

一階の並びの部屋には、泊まり客の気配がなかった。

「ええ。二階の奥も一部屋空いてるけど」

と、おちよ。

「今日は泊まっていただくことになったんだ」

「どうかよしなに」

「さようですか。一階と二階、どちらのお部屋にいたしましょうか」

旅籠のおかみの顔で、おちよはたずねた。

「おまえはどこで寝るんだい？」

いくらか声をひそめて、おたけが問うた。

「おいらはそこの座敷で」

由吉はのどかとちのが丸まって寝ているところを指さした。

「だったら、わたしらも二階で」

「そうだな」

話が決まった。

大磯から来た客は、さっそく荷を下ろした。

長吉屋は紋吉に任せてきた。時吉は久々にのどか屋の厨に入った。

「目のついた魚はもうないいな?」

おちよに訊く。

「またあした」

おちよは笑って答えた。

「なら、何でもいいから、苦労をかけたおとっつぁんとおっかさんに何か料理をつくってあげな」

時吉はそう言って、若者の肩をたたいた。

「はい」

由吉は気の入った声で答えた。

二

大磯の両親は、いったん荷を下ろしてから座敷に陣取った。

もう一組、野田《のだ》の醬油問屋の主従が湯屋《ゆうや》から戻ってきた。知らぬ同士が座敷で相席になり、縁が生まれるのも旅籠付きの小料理屋ならではだ。時吉とおちよが見守るなか、由吉はねじり鉢巻きで手を動かしだした。

そのうち、岩本町のお祭り男の寅次と、野菜の棒手振りの富八が連れだってのれんをくぐってきた。

「そりゃあ、『まだ早《はえ》え。おめえにはやることがあるだろう』てんで、閻魔《えんま》様が戻してくだすったんだよ」

いつも陽気な湯屋のあるじが、いきさつを聞いてから言った。

「はい。そう肝《きも》に銘じます」

肴をつくりながら、由吉は答えた。

「おいらだったら、そのまま成仏してたぜ。泳ぎが達者で助かったな」

富八が笑みを浮かべた。

「網元の家に生まれたんで、わらべのころから泳ぎは得手でした」

「船宿って聞いたけど、もともとは網元なんで?」

寅次が振り向いて、座敷の富造にたずねる。

「ええ。大磯で代々、網元をやらせていただいています。朝獲れた魚をお出ししたり、船に乗ってお客さんにわが手で獲っていただいたものを料理したりして楽しんでいただく船宿を始めたのは、わたしの父の代からでしてね」

富造が穏やかな表情で答えた。

「へえ。なら、船宿は三代目だ」

寅次は由吉を見た。

「はい。これからですが」

「わたしも醤油づくりの三代目なんです」

野田から来た客が言った。

そのあたりから徐々に話が弾み、互いの猪口に酒が注がれる頃合いに、肴が次々にできあがった。

まずは、験《げん》のいい長芋の小判焼きだ。

すり鉢ですってとろろにしてもいいが、長芋は焼いてもうまい。小判に見立てて輪切りにし、厚めに皮をむいたら、さっとゆでてあくを抜き、醬油を刷毛で塗りながら網焼きにする。うっすらと焼き色がつくと、まさしく小判のようだ。

「こりゃあ、ざくざく来そうだね」

寅次が相好を崩す。

「来りゃあいいすねえ。あやかりてえもんだ」

小銭ばかりのあきないをしている富八が、そう言って長芋を口に運んだ。

「焼くとさくっとするんだね」

「ほんに、皮目はぱりっとしてて」

大磯の両親は満足げな顔つきになった。

「皮はむいてあるんだよ、おっかさん」

厨から由吉が言う。

「ああ、そうか。焼いたら皮みたいになるんだね」

母は感心したような面持ちになった。

「お次は、のどか屋名物、その名も烏賊《いか》ののどか焼きでございます」

時吉と由吉が二人がかりで仕上げたものを、おちよは座敷に運んでいった。

「へえ、のどか焼きですか」

富造はいささかけげんそうな顔つきになった。

「これ、駄目よ」

烏賊の匂いに誘われてやってきたのどかを手で追い払うと、おちよはすぐさま謎を解きにかかった。

「この切り口をごらんください」

と、指さす。

「なるほど、のれんの字と一緒だ」

野田の醬油問屋が真っ先に気づいた。

烏賊の下ごしらえをして、皮目に鹿《か》の子《こ》模様の切り込みを入れる。さらにほどよく縦に切り、麹床《こうじどこ》にひと晩漬けておく。味醂を加えて甘めにすると、焼きあがりの風味が増す。

取り出して一寸あまりの長さに切って焼くと、烏賊は少しずつくるくると丸まってくる。鹿の子模様が入った皮に焼き色がつくころには、その切り口がのどか屋の「の」になるという寸法だった。

「これは手わざですね……うん、うまい」

大磯の船宿のあるじも笑みを浮かべた。

「かき揚げを頼む」

時吉が弟子に言った。

「はい」

由吉はしっかりと返事をした。

「なら、明日からはこっちでやるのかい？」

寅次が問う。

「はい、何でもやらせていただきます」

「旅籠のほうもお願いね。男手が頼りになる力仕事もあるから」

おちよが言った。

「承知しました」

打てば響くように答えると、由吉は塩ゆでをした枝豆の薄皮をむきはじめた。

揚げるときにも火がとおるから、下ゆでは堅めにしておくのが骨法《こつぽう》だ。もう少しだけ火を通せばそのまま食べられるくらいの加減に下ごしらえをするのが、料理人の細かい仕事だった。

「時吉さんはどうするんだい」

寅次が問うた。

「どうするも何も、師匠が帰ってきてくれないことには、わたしはのどか屋に戻れませんので」

時吉は苦笑いを浮かべた。

「ほんとに、早く帰ってこないかしら、おとっつぁん」

おちよが首をひねる。

ほどなく、かき揚げができはじめた。

のどか屋ではむやみに値の張る初鰹は出さないが、夏の先取りになるようなさわやかな料理はいろいろ案じて出している。

枝豆と新生姜を具にしたかき揚げもその一つだ。ともに走りの素材を薄めの衣でまとめ、浅めの玉杓子《たまじゃくし》にすくって巧みに揚げると、恰好の酒の肴になる。

「さくっとしてておいしい」

おたけがまずほめた。

「魚料理のなかにこういうのがまじったら、なおいいだろうな」

船宿のあるじの顔で、富造が和す。

「枝豆は夏に売りにくるやつをかかあにゆでさせてぽりぽり食ってるけど、天麩羅もいいもんだねえ」

岩本町のお祭り男が言う。

「生姜と合わせてるのがいいんですよ。……こりゃ、さわやかでうめえや」

富八もうなった。

「たしかに、さわやかだな。なら、さわやか揚げでどうだい？　同じ走りでも、よそは初鰹で、のどか屋はさわやか揚げ」

寅次が案を出した。

「いいですね。それでいきましょう」

時吉はただちに乗ってきた。

こうして、のどか屋にまた一つ名物ができた。

三

「では、長々とお邪魔いたしました」

富造がていねいに腰を折った。

由吉の両親は、二晩のどか屋に泊まり、これから大磯に戻るところだった。

「毎度ありがたく存じました」

「ありがたくぞんじます」

おちよに続いて、千吉もひょこりと頭を下げる。

「まあ、えらいわねえ」

おたけが頭をなでてやった。

「この子は二代目なので」

と、おちよ。

「料理人になるのかい？」

富造の問いに、千吉は力強く、

「うん」

と答えた。

「なら、気をつけて」

見送りに出てきた由吉が言った。

「ああ。辛抱して、ものになるまでは帰ってくるな。それと……」

いったん間を置いてから、父は重々しく告げた。

「師匠が帰ってきたら、ちゃんと両手をついて謝るんだぞ」

身ぶりをまじえて言う。

「分かったよ」

由吉が神妙な面持ちで答える。

「座敷は冷えるから、風邪を引くんじゃないよ」

おたけがいかにも母らしい思いをこめて言った。

「ああ」

息子がうなずく。

「おまえのことは、お大師《だいし》さんによくよくお願いしてきたからね。あとはおまえの心がけ次第だよ、由造」

お大師さんとは、西新井《にしあらい》大師のことだ。川崎《かわさき》大師にはいくたびもお参りしてきたが、こちらは初めてだから、昨日は一日かけてお参りに行ってきた。樹齢五百年と言われる藤の花はまだ咲いていなかったが、厄除《やくよ》けのお大師様にお参りして、どちらも笑顔で帰ってきた。

「おいらは生まれ変わった由吉だから」

鉢巻姿の若者が笑みを浮かべた。

「だって、ずっと由造じゃないか」

ややとまどった表情で、おたけは言った。

「いや」

　由吉は首を一つ横に振った。

「駄目だった由造は、あの日、大川で死んだんだ。そう思うようにしてる」

　それを聞いて、おちよとおけいがほぼ同時にうなずいた。

「おいらは新しい命をもらった。そう思うようにした。だから、時吉さんから『吉』の字をもらった由吉を名乗るんだ」

　由吉は、この場にはいない者の名を出した。

　時吉は昨日から長吉屋に戻り、のどか屋の厨はおちよと由吉が守っている。

「おとっつぁんの長吉じゃなくて？」

　おちよはけげんそうに言った。

「はい。『その由吉』も大川で死にました。いまここにいるのは、生まれ変わった由吉なんで」

「いいぞ」

　父が言った。

「なら、由吉でいけ。その代わり……」

　富造は咳払いをしてから告げた。

「ひとかどの料理人になって戻ってこい。さもなきゃ、『吉』の名が泣くぞ」

父の言葉に、息子は引き締まった顔つきで答えた。

「『吉』が泣かないように、気張ってやるさ」


ほどなくして、大磯の客はのどか屋から離れていった。

留守にしている船宿のほうはどうか気になるが、焦っても仕方がない。今日は無理せず品川に泊まり、仙台味噌を仕入れてから帰るという話だった。

仙台の伊達《だて》藩は、大井《おおい》の下屋敷に大きな味噌蔵をつくり、国もとから材料を取り寄せて醸造していた。使い切れない味噌は問屋を通じて下々《しもじも》の者にも分け与えられ、ずいぶんと広まるようになった。江戸の甘味噌とは違って辛めだが、その分日もちがするので重宝だ。魚料理にも合う。

「なるほど、時吉の『吉』になったわけか」

おちよからいきさつを聞いた隠居が、一枚板の席で言った。

「そりゃあ、気が入るね」

元締めが和す。

二幕目の皮切りの客は、隠居と元締めの信兵衛だった。まずはいつもと変わらぬのどか屋だ。

だが……。

ややあって、場が急に動いた。

「あっ、じいじ！」

表で手毬をしていた千吉が弾んだ声をあげた。

「帰ってきた」

おちよが由吉に言った。

山吹鯛をつくりはじめていた由吉はあわてて手を止めた。

「おう、千吉。久しいな」

表から声が聞こえる。

まぎれもない長吉の声だった。

「おめえに早く会いたくて、先にこっちへ来たんだ。ほら、土産だ」

「わあ、ありがとう、じいじ」

千吉の声がさらに弾む。

「お帰り、おとっつぁん」

おちよがのれんをくぐって出迎えた。

「おう、やっと帰《けえ》ってきた。おめえには何も土産はねえがな」

「こっちはあるの、ふふ」

おちよは含み笑いをした。

「なんでえ。おれに土産か？」

長吉はいぶかしげな顔つきになった。

「のれんをくぐってみれば分かるわ」

おちよは謎をかけるように言った。

「妙なやつだな」

軽く首をひねると、長吉はのれんに手をかけた。

そして、ぬっと顔をのぞかせた。

次の刹那《せつな》、古参の料理人の表情がさっと変わった。

四

「南無阿弥陀仏、南無阿弥陀仏……」

長吉はひざをついて目を閉じ、両手を合わせて一心に念仏を唱えはじめた。

「おとっつぁん」

おちよが声をかけたが、長吉はなおも目を開けようとしなかった。

「怨霊退散、怨霊退散……」

そのうち魔除《まよ》けの九字《くじ》まで切りだしたから、一枚板の席の隠居が思わず笑い声をあげた。

「由吉さんは生きてたの」

おちよがそう告げると、長吉の指の動きがやっと止まった。

恐る恐る、目を開ける。

死んだはずの由吉がそこにいた。

「師匠……」

由吉はそう言うなり、土間にひざまずいて両手をついた。

「このたびは、相済みませんでした」

そう言うなり、深々と頭を下げた。

「おめえ……」

長吉はまだ金魚みたいに口をぱくぱくさせていた。

「生きてたのかよ」

いくたびも瞬きをする。

のれんをくぐったら、いくらか陰になっているところに由吉が思いつめた顔でぬっと立っていた。そのせいで、てっきりあの世から迷って出てきたのかと早合点してしまったのだが、考えてみればまだずいぶん日が高い。こんな時分から出る幽霊などいるはずがなかった。

「書き置きを残して大川に身を投げたけど、泳ぎが得意だったから死ねなかったのよ、由吉さんは」

おちよが告げた。

「それで、大磯のご両親に付き添われて、こっちに来たんですよ」

隠居が言葉を添える。

「ほとんど入れ替わりで、ついさっき帰って行かれたんです」

おけいも言った。

「そうかい……」

長吉は太息をついた。

「本当に、ご迷惑をおかけしました。師匠には、何と言っておわびしてよいか。相済まないことでございます」

由吉は重ねて頭を下げた。

その背を、長吉はじっと見ていた。

それから、妙なことを口走った。

「尻尾はついてねえようだな」

半ば独りごちるように言う。

「狐じゃないわよ、おとっつぁん」

おちよが笑う。

「滅相もないことでございます」

平伏したまま、由吉が言う。

「おい、おめえ……」

長吉の声音が変わった。

「おれが叱ったおかげで、おめえが大川に飛びこんで死んじまったと思ってよう、秩父の札所を巡りながら、『すまねえ、迷わず成仏してくれ』って、いったいいくたびお祈りしてきたと思ってんだ、このすっとこどっこいが！」

泣いているのか、怒っているのか分からない。

由吉は泣いていた。額を土間に押し当てたその肩が、小刻みにふるえている。

長吉はぬっと立ち上がった。

由吉の肩をぽんとたたく。

言葉にはならない。また続けて、何とも言えない顔つきでぽんぽんとたたく。

「目のついた魚もさばけるようになったのよ、由吉さん」

おちよが言った。

「人が変わったように張り切ってやってくれてますよ」

「いっぺん死ぬ思いをした人間は強いよ。もう大丈夫だ」

隠居と元締めが言った。

それを聞いて、長吉はいくたびもうんうんとうなずいた。

そして、ほっ、とまた長い吐息をついてから言った。

「よかったな、由吉」

料理人の目尻に、少し遅れてしわが寄った。

「お許しいただけますか」

由吉は涙に濡れた顔を上げた。

「許すも何も、おめえ、ここの厨で修業してるんだろう?」

「はい」

「なら、死ぬ気でやれ」

長吉は拳をつくって言った。

「承知しました」

由吉はそう答えて、目元に指をやった。

五

「おいしい」

孫への土産はたくさんあった。

真っ先に渡したのはおもちゃの刀だが、そればかりではない。煎餅《せんべい》だの豆菓子だのと、むやみに買ってきた。さっそく座敷で千吉が食べだしたところだ。

長吉はただの客として、少し休んでから浅草に戻ることになった。

一枚板の席に腰を下ろす前に、おちよとしばし立ち話をした。

「おとっつぁん、早くうちの人を戻してね。やっぱり男手がないと大変なのよ」

「たしかに、ちょいとやつれた顔をしてるな、おめえ」

「おかみさんに休んでもらってるあいだに、わたしが厨を代わってしくじったりしたものでも」

おけいが申し訳なさそうに告げる。

「分かった。明日にでも戻してやろう」

長吉がそう請け合ったから、おちよとおけいは安堵した。

「そうそう、それから大事なことを」

おちよは手を一つ打ち合わせてから続けた。

「紋吉さんとうちの人は、初めはそりが合わなかったみたいなんだけど……」

「おう、そりゃ気になってたんだ。どうなった？」

長吉が口早に問うた。

「紋吉さんは料簡違いを悟って、お皿が下から出るようになったたって言ってた。あれだったら、どこにのれんを出してもやっていけるだろうって」

「そうかい」

古参の料理人の表情がぱっと晴れた。

「そりゃ何よりだ。さすがは時吉だな。注文どおりにやりやがった」

長吉は会心の笑みを浮かべた。

「おとうにちゅうもんしたの、じいじ」

初めは顔くらいあった醬油煎餅をぽりぽり食べながら、千吉が訊いた。

「おう。おめえのおとうは日本一の料理人だからな。人に教えるのもうめえんだ」

長吉が上機嫌で答えると、父をほめられた千吉は花のような笑顔になった。


「おっ、どんどん出してくれ。おれが舌だめしをしてやる」

一枚板に陣取った長吉が由吉に言った。

「はい、やらせていただきます」

弟子は緊張の面持ちで答えた。

由吉はまず、つくりかけていた山吹鯛を仕上げた。

鯛を三枚におろし、刺身のなりにする。むろん、初めは目がついているが、由吉は臆せず包丁を握った。

ただし、ほかの料理人と違うところもあった。

「南無阿弥陀仏、南無阿弥陀仏」

そう念仏を唱えてから包丁を握るのだ。

手際は長吉と比ぶべくもないが、とにもかくにも刺身のかたちになった。これに串を打ち、玉子の黄身を塗ってあぶるように焼くと、山吹色の美しい仕上がりになる。

「うちで何か祝いごとがあったのか？」

長吉が問うた。

「はい。五色鯛をお出ししました」

由吉は答えた。

「だと思ったぜ。その一つの山吹鯛をここで出してみてるんだな」

長吉がうなずく。

「残りの四色は何でしたっけ？」

元締めがたずねた。

「白はそのまんまの鯛。赤は臙脂《えんじ》で染め、青は大根の葉を細かく刻んでしぼり汁に浸けます。黒は黒豆の汁に鍋墨と酒を足して染めると、ちょうど五色がそろうんですよ」

長吉屋のあるじはよどみなく言った。

「なるほど。大磯に戻っても、祝いごとに出せそうだね。これぞ江戸の手わざだと評判になるだろうよ」

と、隠居。

「黒と赤はちと面倒だから、三色《みいろ》でもいいやね」

「はい、師匠」

由吉は殊勝に答えた。

「これだけでも縁起物だし、なにより食ってうまいね」

信兵衛が笑みを浮かべた。

「ちょいと端のほうが焦げかけてしまったんですが」

「なに、焦げかけがちょうどいいんだよ」

元締めが言う。

「焦げちまったら元も子もねえからな。……おっ、いっぺんに食ったら腹をこわしちまうぞ」

長吉が座敷の孫に声をかけた。

「ちょっと残しときなさい、千吉」

おちよもたしなめる。

「うん……だって、おいしかったんだもん」

煎餅をあらかた食べてしまったわらべがそう言ったから、のどか屋に和気が満ちた。

「船宿だから魚づくしになるだろうが、そこにちょいと野山のものもあしらったらなお映えるだろうね」

ややあって、隠居が案を出した。

「そうですね。……では、山吹鯛に添える縁起物ということで」

由吉は次の肴をつくりだした。

長芋の小判焼きだ。

みなが見守るなか、由吉はなかなかの手際を披露した。

「はい、お待ちどおさまでございます」

一枚板の席に出す。

長吉はうなずいた。皿はちゃんと下から出ていた。

「うん、醬油の塗り方がいい按配だ」

師匠のお墨付きが出た。

「山吹鯛と一緒に盛り付ければおめでたいね。かみ味が違って小粋だし」

食通の元締めも言う。

「大葉などを敷いて青みをつければ、山吹と小判がなおさら引き立つかも」

と、おちよ。

「杵生姜《きねしょうが》の赤もいいですね、おかみさん」

おけいも知恵を出した。

「富士家さんの新たな名物がもうできたじゃないか」

「なら、それにちなんで、さっそく一句」

おちよが季川に水を向けた。

「えっ、ここでかい？」

まんざらでもなさそうな顔で、隠居が訊く。

「ご隠居の発句を聞かないと、浅草へ帰れませんので」

長吉が笑った。

「そうまで言われたら、仕方がないね」

季川は猪口の酒をぐっと呑み干した。

ほどなく、おちよが磨《す》った墨に筆を浸し、うなるような達筆で短冊にこうしたためた。

のどかさや　海に山吹　野に小判

「さあ、付けておくれ、おちよさん」

今度は女弟子に筆を託す。

「えー、発句が立派だと付けにくいわ」

「世辞はいいから」

隠居が笑う。

「じゃあ……富士家さんにお贈りする短冊ということで」

おちよはそう前置きしてから、付句をこう記した。

富士を仰げる幸ひの船

「なるほど、船宿の富士家を詠みこんでるわけか」

長吉が言った。

「おとっつぁんにすぐ悟られるようじゃ駄目だけど」

おちよが苦笑いを浮かべる。

「なに、分かりやすいのがいちばんだよ」

隠居が助け舟を出した。

「なら、修業が終わったら、船宿の座敷の壁に貼るといいね」

元締めが言った。

「ありがたく存じます。頂戴します」

由吉は厨から深々と頭を下げた。

第十章　再びの豆腐飯

一

のどか屋の厨に時吉が帰ってきた。

客もさることながら、いちばん喜んだのは千吉だった。

厨に置いたわらべ用の踏み台に乗り、小さい包丁を動かしては「おとう、おとう」と教えを乞う。

「せん切りにするときは、包丁をちょいと寝かせる按配にしな」

時吉が教える。

「手はにゃーにゃね」

おちよが身ぶりをまじえて言った。

時吉が戻ってきてくれたから、昼の部のあとにいくらか仮眠を取れた。おかげで顔色はずいぶん良くなった。

厨では、由吉も気張って働いていた。本当にできるようになったかどうか、時吉はさっそく鰺《あじ》をさばかせてみたが、やや怪しいところはあったものの、まずまずの仕上がりだった。

ただ、大きな声で「南無阿弥陀仏」と念仏を唱えてから包丁を握るのはいかがなものかと思われた。

「魚を成仏させてやろうという心意気はいいが、お客さんはいい感じがしないだろう。唱えるなら胸の内だけにしな」

時吉がそうたしなめると、由吉はただちに心得て、次からは瞑目《めいもく》して唇だけを動かすようになった。

「よしっ」

と、ひと声かけて包丁を握り、由吉は目のついた鰺を三枚におろしていった。

その鰺はおろし生姜をまぜた酢でしめ、いま、しめ鰺となって一枚板の席に供された。茗荷《みょうが》やせん切り大根などをあしらった、夏の初めらしいさわやかな肴だ。

「おお、こらうまい」

原川新五郎が食すなり声をあげた。

「山のほうやと食べられへんさかい」

国枝幸兵衛も和す。

おなじみの大和梨川藩のでこぼこした二人だ。

最前《さいぜん》から話題になっていたのは、伊勢参りだった。むろん前から行われていたが、この春からずいぶんと流行《はや》るようになってきたらしい。

「そのうち、猫も杓子《しゃくし》もお伊勢さんへ行くようになるかもしれん」

「おかげ参りっちゅうやつやな」

しめ鯵を肴に呑みながら、そんな話をする。

「だったら、大磯も通りますね」

由吉が言った。

「そら、東海道の宿場町やさかい」

と、偉丈夫の原川。

「あんたとこは船宿やったな？」

華奢《きゃしゃ》な国枝が訊いた。

「はい。おかげ参りの方々が来たら、道中の無事を祈る料理をお出ししたらどうかと、いまふと思いつきまして」

由吉は頭をちらりと指さした。

「おお、そらええな」

「そういうのは口から口へ伝わっていくさかい」

勤番の武士たちはすぐさま賛意を示した。

時吉とおちよの目と目が合った。

(これなら、大丈夫そうだな)

(船宿を継いでもやっていけるでしょう)

考えていることがすぐさま伝わった。

ややあって、続けざまに泊まり客が入ってきた。おちよに加えて、おけいとおそめがばたばたと動いて案内する。

勤番の武士たちも腰を上げた。ただ呑みにきたわけではない。ほかの宿直《とのい》の武士の弁当を手に提げていた。

「小鯵の南蛮漬けがうまそうやったな」

「みんな喜ぶで」

「途中で食うたろか」

「そら、一生恨まれるわ」

そんな調子でにぎやかに掛け合いながら、大和梨川藩の常連の二人はのどか屋から出ていった。

二

「紅葉袋をお持ちしました」

多助が笑顔で言った。

「ご苦労さま。……おそめちゃんは、いま千吉と一緒に呼び込みに出てるんだけど」

おちよが少し声を低くして告げた。

「あ、いや、わたしは小間物屋のつとめで来たもので」

多助はあわてて手を振った。

小間物は元締めの知り合いの見世から当初は仕入れていたのだが、多助とおそめが恋仲になってからはだんだんに美濃屋の品が増えてきた。

ことにいま多助が運んできた紅葉袋は、のどか屋の顔の一つになっていた。茜木綿で「の」の字を染め抜いた美濃屋の紅葉袋は質が良く、旅籠の客にいたって好評だった。

なかには分けてほしいという客もいるから、すぐ足りなくなってしまう。そのたびに、おそめがいそいそと小間物問屋へ頼みに行き、手代がまたいそいそと運んでくるという次第だった。

「どうだい、そろそろ独り立ちの頃合いかい？」

一枚板の席から、隠居が声をかけた。

勤番の武士たちと入れ替わるようにのれんをくぐり、さっそく根を生やしたところだ。

「いえいえ、まだ年季が開けてませんので」

多助はまた手を振った。

「なら、開け次第、おそめちゃんと一緒に小間物屋さんね」

おちよが言う。

「いや、まあ、それは成り行きで」

多助は赤くなった顔で答えた。

「お二階、ご案内終わりました」

おけいがばたばたと戻ってきた。

おそめと千吉が呼び込みに行ったのと入れ違いに客が来たから、なにかとせわしない。おしんはべつの旅籠のつとめなので、うまく回さないと手が足りなくなってしまう。

だが、案じるには及ばなかった。

ほどなく、おそめが千吉とともに戻ってきた。

しかも、客と思われる者たちを伴っていた。

三

「こちら、お泊まりでございますか？」

おちよが問うと、多助とおっつかっつの年頃の男は急にどぎまぎした顔つきになった。

「あの、いえ……まずはお礼を申し上げにまいりました」

髷を島田にきれいに結った娘が頭を下げた。黄丹《おうたん》の彩紙縮緬《いろがみちりめん》も同時に動く。

「はたご、じゃないの？」

千吉がいぶかしげに問うた。

「うん、ごめんね。坊やが『お泊まりは、のどか屋へ』と元気よく呼び込みの声をあげてたから、『ああ、ここがあののどか屋さんなのか』と思って」

「のどか屋さんを探していたので、呼び込みはちょうど渡りに船でした」

若者が白い歯を見せた。

「うちに何か御用でございましょうか」

おちよがややいぶかしげにたずねた。

「はい……」

娘は喉の具合を整え、意を決したように言った。

「兄が、最期にいいものを頂戴し、その御礼にと」

「お兄さんが？」

おちよはまだ腑に落ちない顔つきだった。

「ええ。兄が最期に、こちらの豆腐飯をおいしく頂戴したとうかがい、御礼にうかがわなければと……」

「あっ」

おちよは声をあげた。

「すると、大坂屋の……」

「はい。このたびお仕置きになりました手代の寅松の妹で、かよと申します」

娘はそう名乗った。

「おいらは、寅松のいちばんの友だった松次郎《まつじろう》です」

若者が頭を下げた。

「さようですか、それはそれは」

「ともかく、座敷が空いておりますので」

時吉が厨から出て、身ぶりで示した。

「大変だったたねえ、このたびは」

隠居が情のこもった声を発した。

「ほんに、わたしもかわら版で読みましたが」

多助も同情の面持ちで言う。

「さ、お上がりください。何かおつくりいたしましょうか？」

おちよの問いに、二人は束の間顔を見合わせた。

それから、寅松の妹のおかよが答えた。

「では、兄が頂戴した豆腐飯をいただければと」

今度はのどか屋の二人が顔を見合わせた。

「豆腐飯は昼までで、あいにくいまは一丁も残っていないんです」

時吉が申し訳なさそうに告げた。

「さようですか……」

おかよの顔に落胆の色が浮かぶ。

「お泊まりでしたら、朝から召し上がっていただけるんですけど」

おちよもすまなさそうな顔つきになった。

「いえ、そういうわけには……」

松次郎は急にどぎまぎした表情になった。

おちよはいち早く察した。

おかよと松次郎には、おそめと多助と同じ匂いがした。

つまりは、恋仲だ。

「では、何かべつのもので」

おかよが笑みを浮かべた。

「相済みません。豆腐飯はまたの機会に」

おちよが重ねてわびた。

座敷に腰を下ろした二人は、小声で何やら話をしていた。

多助とおそめは表へ出て、これまた何か相談を始めた。若い恋人たちが顔を合わせたら、話すことには事欠かない。

「焼き飯をつくれるか？」

厨に戻った時吉が弟子に問うた。

「はい。長吉屋で教わりましたので」

由吉が答える。

「なら、玉子と葉物でつくってくれ」

「承知《はい》しました」

由吉は気の入った返事をすると、さっそく葱の青いところを調子よく切りはじめた。

飯と玉子をまぜ、浅めの平鍋で炒める。そこに小口切りの葱を投じ、塩胡椒をして醬油を回し入れる。仕上げにさっと白胡麻を散らし、胡麻油で香りをつければ出来上がりだ。

これ以上ないというほど簡明な焼き飯だが、それだけに料理人の腕が問われる。飯がだまにならず、ぱらりと仕上がれば、何よりもうまい忘れられない味になる。

「お待たせしました」

おちよが座敷に運んでいった。

「いただきます」

おかよと松次郎が両手を合わせる。

「うん……おいしい」

松次郎が先に食して言った。

「こんなにぱらぱらした焼き飯、食べたことが……」

そこまで言ったところで、おかよは言葉に詰まった。

「寅松にも食べさせたかったな」

思いを察して、松次郎が言う。

おかよは黙ってうなずいた。

「ほんに、立派な……」

あのときの寅松の言葉が、だしぬけによみがえってきた。

(短いあいだでしたが、この江戸で暮らすことができました。つらいこともありましたが、楽しい思い出もございました。ここで生きてきたところが……この江戸が、わたくしにとっての浄土でございました)

寅松はそう言って、最期に豆腐飯を食べた。

そして、刑場へ引かれていったのだ。

「いまごろは、浄土でおいしいものを召し上がっていますよ、寅松さんは」

あまり湿っぽくなってはいけない。おちよはそう言って笑みを浮かべた。

「じょうどは、とおいの？」

しばらく猫と遊んでいた千吉が、顔を上げてだしぬけに問うた。

「遠いけど……いまこうして暮らしているところだって浄土なの。そう思うようにすれば、どんなにつらいことだって乗り越えていけるから」

おちよの言葉に、同じように大火から逃れてきたおけいがうなずいた。

「とおいのに、ここもじょうどなの？」

わらべにはいささか難しかったらしい。千吉は首をかしげた。

「そのうち、大きくなったら分かるさ」

隠居が温顔で言った。

「ごいんきょさんくらい？」

千吉がそんなことを口走ったから、のどか屋に笑いがわいた。

「それは『大きくなった』とは言わないんだよ。『年が寄った』って言うんだ」

隠居はさもさもおかしそうに答えた。

「なら、手前はこのへんで」

おそめとの立ち話を終えた多助が戻ってきて告げた。

「ああ、ご苦労様。次は油切りの紙を頼むよ」

時吉が注文する。

「ありがたく存じます。では……あさってでよろしゅうございますか？」

つとめの段取りを考えてから、多助は訊いた。

「ああ、いいよ」

そんなに急がなくてもいいのだが、何か用をつくってのどか屋に来ておそめに会いたいだろう。時吉はそう考え、二つ返事で答えた。

「では、あさって、わたしたちも」

おかよも言った。

「寅松の月命日なんで」

松次郎が明かす。

「まあ、もうひと月に」

おちよが目を瞠った。

「ええ、早いもので、兄の初めての月命日なんです」

おかよがしんみりした口調で言う。

「それで、墓参りのあとに、またこちらに寄らせていただければと」

松次郎が畳を指さした。

「だったら、おまえさん……」

「ああ。豆腐を多めに仕入れて、今度こそ豆腐飯をお出ししましょう」

おちよが水を向けると、時吉は打てば響くように答えた。

「ありがたく存じます」

おかよが笑顔になった。

「では、必ず寄らせていただきます」

松次郎が和した。

こうして、段取りが整った。

四

「へい、ようがすよ。明日はもういっぺん、うちの振り売りに木綿豆腐を届けさせましょう」

ねじり鉢巻きの豆腐屋が言った。

明日は寅松の月命日で、おかよと松次郎が出直しで豆腐飯を食べにくる。そのための段取りだった。

「悪いわねえ、竹屋《たけや》さん、二度手間で」

おちよが申し訳なさそうに言った。

「なに、あきないになるので」

竹屋の竹三郎《たけさぶろう》が笑って答えた。

向柳原《むこうやなぎわら》の豆腐屋で、横山町ののどか屋まで筋のいい豆腐を届けてくれる。豆腐ばかりでなく、油揚げやおからも品《しな》がいいから、なにかと重宝していた。

いまは遠くなってしまったので仕入れられないが、「結び豆腐」で縁ができた豆腐屋の相模屋《さがみや》は相変わらず繁盛しているらしい。井戸の良し悪しやつくり手の巧拙によっておのずと差が出る豆腐に恵まれてきたのは、のどか屋にとってはありがたいことだった。

「振り売りを増やしたと聞きましたが」

厨から時吉が声をかけた。

「ちょいとかかあが思案しましてね」

得たりとばかりに、竹三郎が答えた。

「べつに豆腐や油揚げを売るだけでなんとか食えるんだからいいじゃねえかって言ったんだが、おからの惣菜や油揚げを使った稲荷寿司なんかも一緒にあきなったらどうかと言いだしましてね」

「へえ、それはいいかも」

おちよがすぐさま言った。

「で、ためしにやってみたらなかなか評判が良くて、かかあの知り合いにも手伝ってもらってたくさんつくるようにしたんですよ」

「そりゃあ良かったじゃないですか」

「いや、ただね」

話し好きな竹三郎はおちよをさえぎって言った。

「つくるのはいいんだが、肝心の売り子が足らねえ。そこんとこ、思案してからやれってかかあに文句言ったんでさ」

「見世売りではさばけませんか」

時吉が問う。

「うちゃあ鰻《うなぎ》の寝床みたいな造りでしてね。豆腐に加えて、惣菜やら稲荷寿司やらっくるところはあるんですが、間口《まぐち》が狭くてねえ」

豆腐屋は顔をしかめた。

「なるほど、それで振り売りに出てるんですね」

おちよが得心のいった顔つきになった。

「だれかいい人はいませんかねえ。天秤棒をかついで調子よく売り歩いてくれる人が増えたら、その分もうかるんだが」

竹三郎は算盤《そろばん》を弾くしぐさをした。

「なら、心当たりを探してみますよ」

おちよは気安く請け合った。

「お願いしますよ。おいらが言うのも何だけど、味はなかなかのもんでさ」

豆腐屋はそう言って笑った。


竹三郎は約を違《たが》えなかった。

翌《あく》る日の昼前に、豆腐の振り売りがのどか屋に来て、その日二度目の木綿豆腐を入れてくれた。

「船宿でたまに出してもいいだろう。豆腐飯のつくり方を覚えて帰りな」

時吉が言った。

「はい、お願いします、師匠」

以前とは別人のような顔つきで、由吉が答えた。

中休みを終え、二幕目が始まるころ、大鍋でぐつぐつ煮られた豆腐が頃合いになった。ほかほかの飯の上に、江戸風に甘辛く煮た豆腐を載せ、好みで粉山椒や一味唐辛子を振って食す。初めは上の豆腐だけ口に運び、それから飯とまぜて食べれば、一膳に二度の楽しみになる。

この上なく簡明な料理が、これほど深い味わいになるとは……。

いくたりもの客が感嘆した、のどか屋の名物だ。

「おっ、今日はまだ豆腐飯があるのかい」

元締めの信兵衛が驚いたように言った。

「はい。所望された方が見えるので」

おちよが答える。

「だったら、わたしもいただこうか」

「喜んで」

「この香りをかいだら、頼まないわけにはいかないからね」

元締めは手であおぐしぐさをした。

「あっ、かざぐるま」

表で千吉の声がした。

もしや、と思ったら、案の定だった。

色とりどりの風車を背負ってのれんをくぐってきたのは、黒四組の隠密廻り同心の万年平之助だった。

「おう、千坊、好きなのを一つ取っていいぞ」

「わあい」

わらべが両手を挙げて喜ぶ。

「こら、おまえらは駄目だ」

風車を見てにわかに浮き足立った猫たちに言う。おのずとのどか屋に和気が満ちた。

「おっ、豆腐飯かい？」

万年同心も気づいた。

「ええ。万年さまとも縁のある人が食べに見えるので」

「と言うと？」

問われたおちよは、手短にわけを告げた。

「なるほどな。そりゃあ、いい供養になるだろうよ」

風車売りに扮した幽霊同心は、しみじみとした口調で言った。

ほどなく、美濃屋の手代の多助が荷をかついでやってきた。油切りの紙を納めるためだ。

「豆腐飯はどう？」

おそめが水を向ける。

「まだあるのなら、いただこうかな」

「いくらでもありますので」

厨から由吉が言った。

「ずいぶん顔色が良くなったな。前にここののれんをくぐったときは、化けて出たのかと思ったぞ」

万年同心が言う。

「おとっつぁんなんか、念仏を唱えてたから」

と、おちよ。

「はは、そりゃあいいや」

幽霊同心はさもおかしそうに笑った。

「うん、豆腐飯はいつ食べてもうまいねえ」

一枚板の席で、元締めが笑みを浮かべた。

「多助さんは、お座敷で？」

おそめが膳を運んできた。

「ああ、いただくよ」

多助が受け取る。

「多助さんだけお吸い物付き？」

旅籠の掃除を終えて戻ってきたおけいが冷やかした。

「いえ、そういうわけじゃ……」

おそめはたちまちほおを染めた。

そうこうしているうちに、豆腐飯をつくるきっかけとなった者がやってきた。

「お邪魔いたします」

おかよと松次郎が、つれだってのれんをくぐった。

五

「この味を……」

おかよの箸が止まった。

「寅松が最期に食べたのかと思うと、何とも言えないね」

松次郎が感慨深げな面持ちになった。

先に食べ終えた多助が座敷を譲り、大坂屋の手代にゆかりの二人に豆腐飯が供された。のどか屋の人々と元締め、それに万年同心が見守るなか、おかよと松次郎はゆっくりと味わいはじめた。

「さ、お食べ」

松次郎がうながす。

「うん」

おかよの箸がまた動きはじめた。

「あのとき……」

おちよは少し迷ってから続けた。

「寅松さんは、いくたびも『おいしゅうございます』と言ってくださいました」

「わたしもおりました」

松次郎が明かした。

「ああ、そうだったんですか」

「『寅松、たんと食え』と声をかけました」

同じ釜の飯を食っていた若者は、そう言って目をしばたたかせた。

「おかよちゃんは？」

おちよが問うた。

「わたしは……最後に、やっと。それまでは、つらくて」

喉の奥から絞り出すように、おかよは答えた。

「もうじき引き廻しが終《しま》いというころに、『お兄ちゃん！』という声がかかったんです。それで気づきました。ああ、寅松の妹さんが来てるんだなと。その日、初めておかよちゃんに会ったんです」

「なら、寅松が引き合わせてくれたんだな」

万年同心がそう言って腕組みをした。

「で、お兄ちゃんはどんなことを言い遺したんだい？」

元締めがたずねた。

「達者で暮らせ、と」

妹は涙声で言った。

「あの世から見守ってる……と」

それを聞いて、おそめが着物の袖で顔を覆った。

「だから……風が吹いたら、お兄ちゃんだと思うようにしています。お兄ちゃんは、お仕置きになってしまったけど……」

「ありゃあ、仕置きじゃねえ」

万年同心がすぐさま言った。

「神様か仏様か知らねえが、ちょいと気まぐれを起こしたんだ。寅松に罪はねえ。あいつが思い切らなきゃ、大坂屋のあるじとおかみはもっと悪さを重ねてただろうよ」

同心の言葉に、おかよはゆっくりとうなずいた。

松次郎とおかよは、じっくりと味わいながら豆腐飯を食べ終えた。

「おいしかったです。ありがたく存じました」

「ありがたく存じます。いい月命日になりました」

二人は両手を合わせた。

「これからどうするんだい？　たつきの道の当てはついてるのかい？」

信兵衛が案じてたずねた。

「まだ決まっておりません。その……二人で何かあきないができればと話をしてるんですが」

松次郎はいくらかほおを染めておかよを指さした。

「ほう、所帯を持つのかい」

万年同心が表情をゆるめた。

「ええ。寅松の取り持つ縁で」

「そりゃめでたいな」

「だったら、おまえさん」

おちよが時吉を見た。

「皆まで言わなくていいぞ。同じことを考えてたから」

時吉は軽く右手を挙げた。

「いま召し上がった豆腐は、竹屋さんという向柳原の豆腐屋さんから仕入れているんですが、惣菜などにもあきないを広げていて、振り売りの人を探してるんです」

時吉はそう切り出した。

「とっても評判がよくって、稲荷寿司なんかもあきなってるとか」

おちよも言葉を添えた。

「わたし、稲荷寿司は大の好物です」

おかよの顔が晴れた。

「振り売りなら、浅蜊《あさり》をちょっとやったことがあります」

松次郎は天秤棒をかつぐしぐさをした。

「それなら、若夫婦でやればいいね。つとめ口がなければうちの旅籠でもと思ってたんだが」

元締めが温顔を崩した。

「じゃあ、お願いしようか？」

松次郎がおかよに訊いた。

「うん。お兄ちゃんの豆腐飯の縁なんだから」

おかよが笑って答えた。

そのとき、のどか屋ののれんをわずかに揺らして、さわやかな風が吹きこんできた。

日の光が濃くなった。

（ここが、浄土ね……）

おちよは胸の内で思った。

第十一章　出世づくり

一

「そうかい。いよいよ、あさって帰るのかい」

一枚板の席で、あんみつ隠密が言った。

「はい。大磯には文を送っておきました」

ずいぶんとさっぱりした顔で、由吉が答えた。

「もう魚はさばけるし、鬼に金棒だよ」

安東満三郎の隣で、隠居が笑う。

「まだまだ腕が甘いんですが、船宿が忙しいらしいので」

「例のおかげ参りかい？」

安東が問う。

「毎日、泊まりを断るほうが大変だとか」

と、由吉。

「へえ、あやかりたいものねえ」

おちよが思わず言った。

外はもう暗くなり、千吉はもう寝てしまった頃合いだが、のどか屋の泊まり客はまだ一組だけで、今日はいささか寂しかった。

まあそれでも、閑古鳥《かんこどり》が鳴いているわけではない。波はあるが、十分にあきないにはなっていた。

「何せ、六十年にいっぺんのおかげ年だからな。猫も杓子《しゃくし》も浮き足だってやがる」

あんみつ隠密はいくぶん苦々しげに言った。

子細を語ることはないが、しばらく関わってきた唐物抜荷の件は手を離れたらしい。

由吉と同様、あんみつ隠密もさっぱりした顔つきをしていた。

「杓子じゃなくて、柄杓《ひしゃく》が流行ってると小耳にはさんだんだがね」

隠居が形のいい耳に手をやった。

「と言うと？」

黒四組のかしらはそう言うと、井戸水でいい按配に冷えたそうめんをずずっと音を立ててすすった。

初鰹から川開きとあっと言う間に季《とき》が移ろって、暑気払いの食べ物が恋しくなる時分になった。

そうめんは暑気払いの大関格だ。刻んだ茗荷《みょうが》におろし生姜、それに刻み海苔《のり》に白胡麻。とりどりの薬味を添えて、涼やかなぎやまんの器に盛られたそうめんをずずっとすすれば、何よりの暑気払いになる。

「どういうわけだか、柄杓をお伊勢さんの外宮の北門にお供えするとご利益があるという話が広まってるらしくてね」

「ほう」

「それで、ずいぶんと柄杓の値が上がってるんだそうだ」

「何のいわれかねえ」

あんみつ隠密は首をひねった。

「柄杓屋さんがわざと流しているとか」

おちよが思いつきで言った。

「なんにせよ、街道筋の大磯は千客万来だ。気張ってやりな」

時吉がそう言って、弟子の肩を軽くたたいた。

「はい、教わった江戸の味をお出しします」

皿を下から出すしぐさを添えて、由吉が言った。

「江戸の味といえば、このおからはいい味を出してるね」

隠居がうなった。

「ええ、ほんとに。青菜なんかも入って具だくさんで」

おちよが和す。

「これだったら、客は毎日でも食いたがるぜ」

あんみつ隠密が太鼓判を捺した。

ただし、とびきりの甘いもの好きのあんみつ隠密のために、おからに味醂と砂糖を足してある。「あの旦那は舌が馬鹿だから」と手下の万年同心があきれているように、あまり当てにはならない。

松次郎とおかよは豆腐屋の竹屋の眼鏡にかない、晴れて振り売りを始めた。今日は腹痛《はらいた》を起こしたという竹三郎に代わって、松次郎が豆腐を運んできてくれた。おかよも一緒にあいさつに来た。どちらも板についた恰好で、なによりいい顔をしていた。

豆腐のほかに、おからの炊き合わせと油揚げも入れてくれた。いったん竹屋に戻り、また惣菜をこしらえて振り売りに向かうという話だった。二人が張り切って働いてるのを見て、寅松も草場の陰で喜んでいるだろう。

ややあって、二人の常連がのれんをくぐってきた。

岩本町のお祭り男の寅次に、その女婿で「小菊」のあるじの吉太郎だ。今日は「小菊」が休みらしく、久々に顔を見せてくれた。

「同じ寅がついてるから、大坂屋の件は気になってたんだ。そうかい、お仕置きになった手代の妹と友達が夫婦《めおと》になって、振り売りを始めたのかい」

湯屋のあるじは感慨深げな面持ちになった。

「祝言はしないのって訊いたら、それどころじゃないって」

おちよが笑う。

「まあ、落ち着いてからだな」

寅次が言った。

「振り売りで稲荷寿司も扱ってるそうなんですよ、吉太郎さん」

細工寿司とおにぎりで評判の見世のあるじに向かって、おちよが言った。

「へえ、そうなんですか」

「この揚げなら、うめえ稲荷寿司になるだろうよ」

安東満三郎ができたてのあんみつ煮を箸でつまみ、うまそうに口中に投じた。

「なら、暇があったら、おめえんとこで修業してもらったらどうだ?」

寅次が吉太郎に言った。

「そうですね。振り売りだったら、あんまり手の込んだ細工ものはどうかと思いますが」

「小菊」のあるじが答える。

手毬寿司に手綱《たづな》寿司、季に合わせた花寿司など、色鮮やかな細工寿司が吉太郎の得意料理だ。ただ持ち帰って食すばかりでなく、お使いものにも喜ばれるから、「小菊」の名は広くとどろくようになった。

「だったら、おにぎりはどうだい。普請場などを回ったら飛ぶように売れるよ」

隠居が知恵を出した。

「おお、そりゃあいい」

寅次が両手を打ち合わせる。

「大工らは稼ぎはいいからな。ちょうど小腹の空いた頃合いに売りに行ったら、たしかに売れそうだ」

あんみつ隠密がうなずく。

「では、いくらでもお教えしますので」

と、吉太郎。

「ついでにうちに来てくれたら、祝儀代わりに湯代はただで」

寅次がそう言って笑った。

二

その翌日。

時吉は由吉を連れ、昼から長吉屋に向かった。明日はいよいよ江戸を発つから、別れのあいさつのためだ。

「おう、顔色がいいじゃねえか」

長吉の目尻にしわが寄った。

「おかげさんで。明日、大磯へ帰らせていただきます。どうもお世話になりました」

由吉はそう言って頭を下げた。

「おめえみたいな手のかかる弟子は二度とごめんだ」

そう言いながらも、長吉の目は笑っていた。

「お、そうだ、もう一人、うちを離れる弟子がいるんだ」

長吉が謎をかけるように言った。

厨を見ると、紋吉と目が合った。

「お世話になりました」

今度は紋吉が頭を下げた。

「大宮の氷川《ひかわ》神社の参道に老舗《しにせ》の料理屋があるんだ」

長吉がわけを話しはじめた。

「そこの板長が年取ってしまったので、だれか腕のいい料理人を紹介してくれと頼まれたんだ。それなら、こいつがうってつけだからな」

と、あごをしゃくる。

「ありがたいお話で」

紋吉はうなずいた。

「仕出しもやってる料理屋で、神社も得意先に入ってる。格の高え見世だから、張り合いがあるだろうよ」

「氷川神社の御用達《ごようたし》なら、大したものじゃないか」

長吉と時吉が声をそろえた。

氷川神社の総本社で、大宮という地名のもとにもなった古社だ。社格は高い。

「分に不相応な話で、これからいっそう修業をします」

「なに、腕に不足はねえや。もうあんまり教えることもねえ。それに、皿も下から出るようになったしな」

長吉は身ぶりをまじえて言った。

「時吉さんのおかげで、料簡違いが改まりましたので」

険の消えた表情で、紋吉は言った。

ややあって、長吉がさらしに巻いたものを持ってきた。

「そのうち来るだろうと思ってよ。こりゃ、餞別《せんべつ》代わりだ。銭も考えたが、おかげ参りで船宿が繁盛してるらしいから、このほうがいいと思ってよ」

そう説明してから、由吉に渡す。

「こんな結構なものを頂戴して……」

由吉は両手でうやうやしく受け取った。

「中を見てから言いな」

師匠がそう言ったから、長吉屋に笑いの花が咲いた。

「では、拝見します」

さらしを取ると、中から刺身包丁が現れた。

美濃国《みののくに》、関《せき》の名工の銘が入った逸品で、ほれぼれするような刃の輝きだった。

「ありがたく存じます」

由吉は深々と頭を下げた。

「ちょっと見せてくれ」

時吉は手に取ってみた。

「おれの目に狂いはねえぞ」

長吉が笑う。

「いい包丁ですね」

持っただけで、稲妻のように伝わってくるものがあった。

一生ものの宝だ。

「だったら、使い初めをしてみたらどうだい」

一枚板に陣取っていた常連の札差が水を向けた。

「それはいいですね」

長吉はすぐさま乗ってきた。

「なら、ちょいとやってみろ、由吉。おれが腕を見てやる」

「はい。何をさばきましょうか」

目のついている魚に尻込みをしていたとは思えないほど、引き締まった顔つきで由吉は答えた。

「今日はいい鱸《すずき》が入ってる。名だたる出世魚だから、門出にちょうどいいじゃねえか」

鱸は鯔《ぼら》や鰤《ぶり》などと並ぶ出世魚だ。幼魚はせいご、育つとふっこ、それより大きくなると晴れて鱸となる。

鱸になるとうま味も増す。「夏月特ニ之ヲ賞ス」と書物に記されているように、夏の鱸は脂が乗っていてうまい。

「いいね。鱸の刺身は好みなんだ」

客も手を挙げた。

「承知しました」

皆が見守るなか、「ほっ」と一つい い声で気合を入れると、由吉は真新しい刺身包丁を握った。

ただし、まずは出刃だ。

瞑目して唇を動かす。声に出さずに念仏を唱えると、由吉は鱸をさばきにかかった。

成仏させるのだ。

鮮やかな手つきというわけにはいかないが、手堅いさばきぶりだった。いくらか時がかかっても、雑な仕事よりはよほどいい。

「身はへぎづくりにしな」

長吉が言った。

「承知」

由吉が短く答える。

「出世づくりだね」

札差がうまいことを言った。

鱸の肉は淡泊だが、身はがっしりしている。これをおいしく味わうためには、包丁を「へぐ」ように動かしてつくりにするのがいちばんだ。

由吉は気を入れて真新しい刺身包丁を動かしていった。

「お待たせしました」

出世づくりができあがった。

さっそく客が加減醤油で食す。

「……うまい」

札差がうなった。

「ありがたく存じます」

由吉は笑顔で答えた。

「これなら大丈夫そうだな」

師匠のお墨付きが出た。

三

「では、長々とお世話になりました」

のどか屋の前で、由吉が頭を下げた。

朝と昼の膳のあいだに、ほんのわずかな凪《なぎ》が来る。その時を見計らって、由吉は旅装を整えた。

大磯まではかなりの道のりだから、今夜は焦らず品川泊まりにする。それから朝早く発って藤沢《ふじさわ》を目指し、その翌日は江ノ島の弁天様に願を懸けてから大磯へ戻るという段取りだった。

「じゃあ、体に気をつけて。あまり無理しないように」

「ええ、おかみさんも」

由吉は逆におちよを案じた。

常連の隠居や元締め、それにむろん時吉からも餞別を渡した。

「巾着切りに気をつけないと」

おけいが軽口を飛ばしたほどだ。

「おにいちゃん、これ」

千吉がやにわに手を差し出した。

「くれるのかい？　千ちゃん」

「うん」

千吉が手渡したのは、何の変哲もない毬だった。いままで遊んでいたものを渡しただけだ。

「これ、無駄な荷になるじゃないの」

おちよがたしなめる。

「いえ、喜んでいただきます」

由吉がさえぎった。

「はいっ」

と、千吉が手渡す。

「ありがとうよ」

由吉は笑顔で受け取った。

「この毬の中には、大事なものがぎゅっと詰まってるような気がする」

のどか屋での修業を終えた若者がそう言うと、千吉もにこっと笑った。


隠居とおちよの短冊ももらい、由吉はのどか屋から離れた。

おのれでも土産をいろいろ買ったから、荷が増えてずいぶん重くなった。ただし、さほど難儀だとは思わなかった。人生の大きな峠を越えた由吉は、一歩ずつ着実に歩を進めていった。

江ノ島の弁天様へのお参りを済ませ、浅瀬を歩いて戻っていくとき、海の彼方に富士山が見えた。船宿の名にもなっている霊峰だ。

白いところが少ない黒富士が、いつのまにか雲が晴れ、ありがたいことにくっきりと見えた。由吉は思わず両手を合わせて拝んだ。

目を開けたとき、不思議な心持ちになった。

いま目の前に広がっている海に、あの魚が泳いでいるような気がしたのだ。

大川に身を投げたとき、由吉のほおに触れて泳ぎ去っていった、あの魚だ。

あのとき、あの魚が来てくれなかったら、そのまま溺れていただろう。いまこうして、美しい海と霊峰をながめることもなかっただろう。

同じ水だが、川と海は違う。大川と江ノ島はずいぶんと離れている。それでも、わが身を助けてくれたあの魚があそこにいるような気がしてならなかった。

由吉はいくたびも瞬きをした。

魚ばかりではない。江戸ではいくたりもの人に世話になった。のどか屋の時吉とおちよ。長吉と長吉屋の仲間たち。

そのおかげで、まだとば口に立ったばかりだが、料理人として、船宿の跡取り息子として歩きだすことができる。

ありがたい、と由吉は思った。

にわかに差してきた光を弾いて、波が揺れる。

そのさまは、まるで浄土のようだった。

大坂屋の手代が遺した言葉が、だしぬけによみがえってきた。

そうだ、ここが浄土だ。

人を救うために若くしてお仕置きになってしまった人もいるというのに、おのれは自ら命を断とうとした。とんだ料簡違いだ。

いま暮らしているところが浄土だ。いや、浄土にしなければいけない。

わたしは、ここで生きる。

由吉はどこへともなくうなずいた。

そして、また歩きはじめた。

四

「おっ、今日の料理人は千坊かい」

八つごろにのどか屋ののれんをくぐってきた隠居が言った。

「先にやらせていただいてます」

力屋の信五郎が器を挙げた。

夏は井戸に下ろした冷酒がいい。ぎやまんの器で呑むとなお涼やかだ。

「一日働いたあとの一杯は、疲れも吹き飛びますね」

力が出る盛《も》りのいい料理で評判の、一膳飯屋のあるじが笑みを浮かべた。

「なににいたしましょう」

時吉の隣で肩を並べている千吉が澄ました顔でたずねた。わらべ用の踏み台に乗っているから、同じくらいの背丈に見える。

「何が入ってるんだい？」

隠居が温顔で問うた。

「んーと……あゆ」

「鮎を千坊がさばくのかい？」

季川が驚いたように問うと、おちよが笑って手を振った。

「そんな大事なものをやらせるわけには」

「ごまをふるの」

千吉は胸を張って言った。

「へえ、鮎に胡麻を」

力屋のあるじがいくらか身を乗り出す。

「いや、料理と言っても干物なんですよ」

それと察して時吉が言った。

「ああ、なるほど。干物ですか」

信五郎は得心のいった顔つきになった。

「ええ、三枚におろして風干しにします」

と、時吉。

「この子らが跳んでも届かないところに干して」

おちよは尻尾をぴんと立ててとことこ歩いてきたゆきを指さした。

「はは。うちもそうですが、猫を飼ってるといろいろ気を遣いますね」

「ほんとに、すきあらば取ろうとするので」

おちよが笑う。

「で、千坊は胡麻を振るだけかい?」

隠居が問うた。

「たでもするよ」

わらべは得意げに答えた。

「いま焼きますので」

時吉が串を取り出した。

つくるのは鮎の蓼《たで》醤油焼きだ。

蓼の葉を摘み取り、すり鉢でよくする。千吉の腕ではむらができるから、「よくできたな。おとうが仕上げをしてやろう」と言って、時吉がなめらかにする。

これに割り汁を加えてよくのばす。味醂が六、醤油が四の割りがいい。

鮎はまずうろこを引き、三枚におろしてから串を刺す。形が良く、火も通りやすいように褄折《つまお》りにするのが骨法だ。

蓼汁をかけて焼き、九分どおり焼きあがったところで、みじん切りの蓼の葉を振り、仕上げにさっとあぶってやる。なんとも香ばしい、風味豊かな鮎の蓼醤油焼きの出来上がりだ。

「来た甲斐がありました」

鮎にかぶりついて味わうなり、力屋のあるじが言った。

「親子が力を合わせたひと品だからね。そりゃうまいよ」

隠居の目尻が下がる。

「うん」

千吉が胸を張ったから、のどか屋に和気が満ちた。

その後は力屋の夏向きの料理の話になった。

このところよく出るのは、冷たい井戸水を張った「たらいうどん」らしい。と言っても、大きなたらいは場所をとるので、ほどほどの大きさのものを使う。なかには二枚、三枚とたらいを重ねる大食漢もいるそうだ。

「力屋さんは、駕籠かきや飛脚や荷車引きなどの御用達だからね。そりゃ、もりもり食べるだろうよ」

「夏場はことに汗をかきますから、つゆは塩辛いくらいの濃いめにしています」

と、信五郎。

「塩辛いほうがいいんですか?」

おけいがたずねた。

「日盛りに働いてくらくらしてきたときは、まずもって水と塩ですよ」

力屋のあるじは、そのあたりをよく心得ていた。

鮎は洗いも出した。足が速い魚だから、よほど活きが良くないと口に入らない。

「うまいね」

隠居が相好を崩す。

「夏の魚の洗いは、鮎と鱸が東西の大関ですから」

「鱸は出世魚だね」

「そういえば、出世づくりの由吉さんは元気でやってるかしら」

時吉から話を聞いているおちよが言った。

「おにいちゃん?」

千吉が小首をかしげる。

「そう。大磯に帰った由吉お兄ちゃん」

「げんきだよ」

わらべはそう請け合った。

「千坊は千里眼だからね」

隠居が目を指さした。

そして、また鮎の洗いに箸を伸ばした。

五

「毎度、ありがたく存じました」

富士家のおかみのおたけが笑顔で客を送り出した。

「道中、お気をつけて」

その横で、ていねいに頭を下げた若者がいた。

由吉だ。

背に富士を負うた紺の法被もすっかり板についてきた。

「また帰りに寄るからな」

「伊勢帰りだから後光が差してるぞ」

これからおかげ参りに行く者たちが上機嫌で言う。

「それはそれは、楽しみにしております」

あるじの富造が笑みを浮かべた。

「ついて行きたいくらいですよ」

と、おかみ。

「なら、一緒に行こうぜ」

「六十年に一度のおかげ年だ。船宿なんてうっちゃっておきな」

柄杓が揺れる。

「なにぶんあきないがあるもので、そういうわけにもまいりませんでねえ」

「代わりにお参りしてきてくださいまし」

富士家のあるじとおかみが調子良く言う。

由吉は笑みを浮かべているばかりで、まだあまり言葉は出なかったが、追い追いうまいことも言えるようになるだろう。

おかげ参りの客を見送ってひと息ついたのも束の間、もう次の客が入ってきた。このところは、連日こんな按配で、富士家にはいい風が吹いていた。

「よし、今日も宝船だ」

富造が息子に告げた。

「承知」

由吉は気の入《はい》った声で答え、厨に向かった。

むろん、まだ厨を任されているわけではない。古参の料理人の教えのもと、毎日懸命につとめていた。

幸いにも、鶴松《つるまつ》という古参の料理人はいたって善良な男で、あまり手が早くない由吉を叱ることはなかった。勘所《かんどころ》をうまく教えることもできた。少しずつではあるが、由吉は腕を上げていった。

富士家で出すのはおおむね海の幸だ。ことに、富造が考案した宝船盛りは、七福神に見立てた豪勢なもので、富士家の看板料理になっていた。場数を踏むにつれ、由吉の宝船は形が整っていった。

海の幸のほかに、新たな看板料理となりつつあるものもあった。

豆腐飯だ。

のどか屋で学んだ江戸風の甘辛い味つけの豆腐飯は、いくたりもの客がお代わりを所望するほどだった。

船宿の売りは網元料理だ。富造は富士家のあるじであるとともに、漁師たちを束ねる網元でもあった。朝は早く起きて船に乗り、ともに網を引く。

由吉はそちらの修業もしなければならなかった。漁師の腕っぷしにはかなわないが、額に鉢巻を締め、声を合わせて懸命に網を引いた。

夜明け前から海に出るときもある。朝焼けの東の海はたとえようもないほど美しく、まさに浄土のようだった。

ある朝、船に乗って沖に向かっているとき、朝の初めの光が差してきた。

由吉は思わず瞑目し、両手を合わせた。

「ありがてえな」

日焼けした漁師が話しかけてきた。

「はい……ちょいと御礼をと思いまして」

由吉は笑みを浮かべて答えた。

「お日様にかい？」

漁師はいぶかしげな顔つきになった。

「いえ、江戸のほうに向かって」

「ほう、江戸か」

「ええ。世話になった人がいるもんで」

「そりゃ、いい心がけだ」

漁師の表情が崩れた。

心地いい朝の風が吹いてきた。その潮の香りを胸一杯に吸うと、由吉はもう一度目を閉じて両手を合わせた。

まぶたの裏で、のどか屋ののれんがふるりと揺れた。

終章　わらべ巻き

一

「やっと朝晩がしのぎやすくなってきましたね、ご隠居」

のどか屋の一枚板の席で、元締めの信兵衛が言った。

「こういう時分に風邪を引いたりするから、気をつけないといけないね」

季川が答える。

ふっとのれんが開き、客が入ってきた。

「いらっしゃいまし……あら」

おちよの表情が変わった。

「相も変わらぬ、眼鏡売りでございますよ」

おどけた口調で言ったのは、万年平之助同心だった。

「お役目、ご苦労様でございます」

信兵衛が頭を下げる。

「なに、ただのしがねえ眼鏡売りだから」

役に徹して、幽霊同心は手を振って見せた。

「昨日、安東様がお見えになりました」

時吉が告げた。

「また味醂をどばどばかけたのを食ってたんだろう、あの旦那」

万年同心が顔をしかめた。

「そのとおりで」

「頭が舌に似なくて幸いだったな」

黒四組の手下がそう言ったから、のどか屋に和気が満ちた。

「頭は辛口ですものね」

と、おちよ。

「頭が甘々で、舌だけ辛口だったら目も当てられねえや」

「万年様、何かおつくりしましょうか」

時吉が問う。

「なら……あの旦那が頼むようなものじゃなくて、甘くてうめえものを。飯は食ったから、腹にたまらなくてもいいから」

「承知しました」

時吉はただちに取りかかった。

ちょうどつくろうと思っていた肴がぴったりだった。

ひと晩水に浸け、やわらかくなった大豆の水気を切り、かりかりに素揚げにする。これに塩を振るだけでうまいが、時吉はこれを一風変わったもので和えた。

ずんだ、だ。

みちのくの里料理から案を得た料理だった。

枝豆の皮をむき、みじん切りにしてからすり鉢でよくする。ここに当たり胡麻と砂糖、それに塩をわずかに加えてさらにすって、緑色がさわやかな和え衣にする。揚げた大豆をこのずんだ衣で和えれば出来上がりだ。

「ほほう、こりゃうめえや」

ひと口食べるなり、万年同心が笑みを浮かべた。

「大人の甘さだね。煮豆だとわりかた普通かもしれねえが、揚げてあると格別だ」

上役と違って、細かい味の違いが分かる男が言った。

「ありがたく存じます。千吉に出したら、ぼりぼり食べてしまうもので……」

「いま呼び込みに出したところなんです」

おちよが言葉を添えた。

「うん、酒にも合うね」

昼酒を傾けながら、隠居が言った。

「お茶にも合いますよ」

元締めはまだほうぼうを回るから番茶だ。

「で、この料理の名は？」

万年同心がたずねた。

「それが、いま一つしっくり来るものが浮かびませんで」

時吉は包み隠さず言った。

「大豆と枝豆だから、豆の親子和えはどうだい」

隠居がさっそく知恵を出す。

「なら、夫婦和えでもいけそうだな」

同心が腕組みをした。

「かみごたえのある亭主を、ずんだの女房が甘くやんわりと包みこんでるわけですか」

と、元締め。

「なるほど、そっちのほうがいいね。豆の夫婦和えで決まりだ」

隠居があっさり譲ったので、たちまち料理の名が決まった。

「ところで夫婦といえば、『小菊』の二人はどんな按配だい？」

隠居が問うた。

と言っても、吉太郎とおとせのことではない。「小菊」に修業に入っている松次郎とおかよだ。

「そろそろひとわたり修業が終わって、また竹屋さんの振り売りに戻るころだと思いますけど」

おちよが答えた。

「寅次さんはこのところご無沙汰で、様子が分かりませんからね」

と、時吉。

「忙しいのかな」

信五郎が湯呑みを置いた。

「いえ、湯屋で直さなきゃならないところがあるのにうちへ呑みにきたというので、ずいぶん角《つの》を出されたそうです」

時吉は身ぶりを添えて言った。

「はは、そりゃ仕方ないね」

隠居がおかしそうに言った。

「だったら、今日はおしんちゃんもうちに来てくれてるし、大勢のお泊まりさんもいないから……」

「ちょいと様子を見てくるか」

時吉が言った。

「ええ。みけちゃんにも会いたいから」

おちよは、もとはのどか屋の飼い猫だった猫の名を出した。

そんな按配で、話はばたばたと決まった。

おちよは急いで支度を整え、のどか屋を出てなつかしい岩本町に向かった。

二

「あら」

見世が見えてきたところで、おちよは瞬きをした。

「小菊」の見世先で三毛猫が子猫をなめている。

おちよは速足で近づいた。

「まあ、みけちゃんが産んだの？」

三毛猫は元の飼い主を忘れたのか、子猫を守るために「うう」とうなった。

「なんにもしないから」

おちよが笑う。

「えらいね、みけちゃん」

なでようとして手を伸ばすと、みけは「しゃあ」と威嚇の声を発した。

「あっ、おちよさん」

見世からおかみのおとせが出てきた。

「子供を産んだのね、この子」

「そうなんです。たくさんは飼えないから、あとの子はお客さんにもらっていただいて」

「うちとおんなじ」

「真似したんです」

おとせが笑った。

一時は産後の肥立ちが悪く、実家の湯屋で休んでいたのだが、いまはいい顔色をしている。息子の岩兵衛も見違えるほど大きくなった。

「この子の名前は?」

「しろちゃん」

「見たとおりね」

おちよが指さす。

母猫は三毛だが、その子猫は真っ白だった。

「男の子かしら」

「そうです。雌だとまた子供を産みますから」

「そうなのよね。もらっていただく人を探すのが大変で」

そんな話をしていると、中から松次郎とおかよが出てきた。

「のどか屋のおかみさん」

「ようこそのお越しで」

若い夫婦の声がそろう。

「元気そうね」

「おかげさまで」

「元気にやってます」

手をふきながら、あるじの吉太郎も出てきた。

「ご無沙汰しています」

「もうそろそろ修業が終わるころかと思って、のぞきに来たの」

おちよが言った。

「地獄耳ですね。ちょうどそんな話をしていたところなんですよ」

吉太郎はちらりと耳に手をやった。

「おにぎりや細工寿司をひとわたり教えていただいたので、何をあきなうか迷うくらいです」

と、松次郎。

「あんまり手の込んだものだと、たくさんつくれませんから」

おかよが横で言う。

ここで客がやってきた。元はのどか屋だったところだから、もちろん見世でも食すことができる。祝いごとにも使える座敷もある。

しかし、おにぎりや細工寿司は持ち帰って家で食べるのもいい。そういう客のために、包んで手軽に提げて帰れるように工夫してあった。

なかには遠くから「小菊」を目指してくる客もいる。いくらつくってもすぐはけてしまうから、まかないに食べるものがなくて困るほどだった。

「いらっしゃい」

松次郎が威勢のいい声を発した。

「手綱寿司がうまそうだな」

「持って帰ったら、かかあが喜ぶぜ」

「いい仕事してるな」

そろいの法被を着た職人衆が口々に言う。

棒の形にまとめた寿司飯の上に、海老や光り物、薄焼き玉子に胡瓜といった色とりどりの具を斜《はす》に並べていく。これを簀巻きにし、まとまったところで切っていけば、思わずため息がもれるほど美しい手綱寿司になる。

「毎度ありがたく存じます」

おちよが手際よくまとめて客に手渡した。

おちよとおとせの目と目が合った。

（この客あしらいなら大丈夫ね）

（きっと繁盛しますよ）

思っていることが通じ合う。

「おう、また来るぜ」

「太巻きは帰りにかぶりつきてえくらいだな」

「味もとびきりだからな、『小菊』の寿司は」

職人衆は上機嫌で引き揚げていった。

「これからのどか屋さんに帰ります？」

松次郎がだしぬけに問うた。

「ええ。ちょっとのぞきに来ただけなので。それに、岩本町の空気を吸いに」

おちよは胸に手を当てた。

「ずいぶんと活気が戻ってきたでしょう」

吉太郎が笑みを浮かべる。

「知らないお見世もできてるわね」

「そうそう。筋のいい手打ちうどんのお見世ができたんです。三十六文見世もできたから、なにかと重宝で」

おとせが言う。よろずの品をすべて三十六文で売る見世だ。人情家主の源兵衛《げんべえ》や実直なあ

先の大火で町は焼け、のどか屋も移ることになった。人情家主の源兵衛や実直なあきないの質屋の子之吉《ねのきち》など、大切な人も亡くした。

それでも、人々は焼け跡から立ち上がり、復興の槌音《つちおと》を響かせ、やっとここまで立て直してきた。

「で、荷になりますが、お土産をと思いまして」

松次郎が話を継いだ。

「うちに？」

おちよがおのれを指さす。

「ええ。技を覚えたんですが、振り売りには向かないもので」

「あれね？」

おかよが松次郎の顔を見る。

「そう、あれ」

「何かしら」

おちよは小首をかしげた。

「まあ、出来上がってのお楽しみということで」

察しがついているらしい吉太郎が言った。

とにもかくにも、中に入ることにした。

大きくなった岩兵衛をあやしているうち、松次郎は厨で寿司をつくりだした。細巻きを組み合わせ、細い具を巻きこみ、大きくまとめていく。どうやら何かをかたどった細工寿司のようだ。

「もうすぐできるよ」

松次郎が告げる。

「はあい」

おかよがすぐさま答えた。

息の合った若夫婦だ。

そのうち、みけが子猫をくわえてとことこと入ってきた。

「えらいね、みけちゃん」

おちよがまた声をかけると、母猫は子猫を放した。

「憶えてるかい？　ここはのどか屋で、わたしが飼い主だったんだよ」

おちよが言うと、思い出したのかどうか、みけはいくらか警戒しながらも近づいてきた。

「ほら」

と、差し出したおちよの手の匂いをかぐ。

「みゃ」

みけは短くないて、ぺろりとその手をなめた。

三

「はい、お待たせしました」

おとせができあがったものを持ってきた。

「もう包んじゃったの？」

おちよがいぶかしげな顔つきになった。

「見てのお楽しみということで」

謎をかけるような調子で、おとせが包みを渡した。

「そう。じゃあ、楽しみにしてるわ」

おちよは笑顔で受け取った。

「おにぎり、ください」

小銭を握ったわらべが見世にやってきた。

「おっと先を越されたな」

うしろから、隠居風の男が来た。

今日も「小菊」は千客万来だ。

「じゃあ、わたしはこれで」

長居をしたら迷惑になる。おちよはそう告げて「小菊」を出た。

「ありがたく存じました」

「振り売りに戻ったら、またのどか屋さんにうかがいます」

若夫婦が言う。

「楽しみにしてるわ。じゃあ、吉太郎さん、おとせちゃん、お邪魔しました」

「また舌の勉強にうかがいます」

「時吉のおじさんによろしくお伝えください」

子のいる夫婦の声もそろった。

表に出ると、子猫が足元にすり寄ってきた。

おちよはそれをひょいとつかんだ。

「大きくなるのよ、しろちゃん」

子猫はまだかぼそい声で「みゃ」と答えた。


包みを提げて歩いているうち、行く手に人だかりが見えてきた。

何事かと思って近づいたおちよは、ほどなく眉をひそめた。

引き廻しだ。

後ろ手に縛られ、馬に乗って引かれていく髭面の男は、見るからに悪相だった。

寅松とは似ても似つかない。

見守る者たちの様子も違った。

「ひでえことをしやがって」

「地獄へ堕《お》ちな」

怒りの声が飛ぶ。

その声のほうへ、男はつばを吐いた。

これからお仕置きになる者がどんなことをしでかしたのか、知りたくはなかった。

いずれにせよ、寅松とは天と地ほどの差があるだろう。
おちよはあのときの寅松の顔を思い出した。
言葉もはっきりとよみがえってきた。
「この江戸が、わたくしにとっての浄土でございました」
これからお仕置きを受けに行くというのに、寅松の表情はどこか晴れやかだった。
この先も、決して忘れることはないだろう。
あのときの寅松の顔と言葉を。
妹のおかよも、友だった松次郎も、寅松を忘れることはあるまい。
人は死んで終わるのではない。
今度は、縁のあった者の心の中でもう一度生きる。
おちよはどこへともなくうなずいた。

四

のどか屋に戻るころには、もう日は西に傾きはじめていた。
「なに、お出迎え？」

ひょこひょこ歩いてきた猫のちのに向かって、おちよは声をかけた。

「みけちゃんは、お母さんになってたわよ。元気そうだった」

ちのはきょとんとした顔で、どこかへ走り去っていった。

「あっ、おかあ」

向こうから千吉が歩いてきた。

どうやらおそめと一緒に呼び込みをしていたらしい。江戸見物とおぼしい夫婦を案内しているところだった。

「こちら、お泊まりです」

おそめが笑顔で告げる。

「それはそれは、ありがたく存じます。のどか屋のおかみでございます」

おちよはていねいにおじぎをした。

「かわいい坊やが声をかけてくれたのでね」

「潮来《いたこ》から浅草見物に来たんです」

ともに五十歳くらいの夫婦が言う。

「まあ、遠いところを。お疲れでございましょう。さ、こちらへ」

慣れた身ぶりをまじえて、おちよは客を案内した。

おけいとおしんも出てきて、荷物を持ち、裏手の階段へいざなっていく。

「えらかったわね」

「うん」

千吉は得意げな顔だ。

「お土産をいただいてきたから」

「ほんと？」

「ほんとよ。中でいただきましょう」

一枚板の席では、隠居がまだ根を生やしていた。

ほかに、泊まり客が座敷に陣取っている。

「お帰り」

時吉が声をかけた。

「ただいま。松次郎さんがつくった細工寿司をいただいてきた」

「ほう、どんな？」

「わたしもまだ見てないの」

おちよが告げた。

「千ちゃん、みる」

「いま食べる?」

「うん」

わらべはこくりとうなずいた。

「なら、開けてみようね」

おちよは包みを解いた。

「おお、これは……」

太巻きの切り口を見た隠居が目を瞠った。

「手わざだな」

時吉がうなる。

「千ちゃんだ!」

わらべが大きな声をあげた。

太巻きの切り口に浮かびあがっているのは、わらべの顔だった。

目鼻ばかりでなく、禿《かむろ》の髪まで、巧みに具を用いて見事につくった細工寿司だった。

「すごいわね」

のぞきこんだおけいが感嘆の声をあげた。

「では、切り分けよう。金太郎飴と同じで、千吉がだんだんに増えていくぞ」

時吉はそう言うと、切りやすいように包丁にちらりと水をかけた。

まな板に載せ、手前に引くように切る。

「すごい、すごい」

千吉は手を拍って喜んだ。

「ちょっと笑ってるように見えるね」

隠居が温顔を崩した。

客の案内を終えたおそめとおしんが戻ってきた。

「わあ、手妻《てづま》みたい」

「いただくのがもったいないような」

どちらも感に堪えたような顔つきだった。

座敷の客までのぞきに来た。

「初めて見たな」

「さすがは江戸だ」

「眼福、眼福」

「ありがてえ」

なかには両手を合わせる者までいた。

「これは、わらべ巻きだね」

隠居が名をつけた。

だれも異は唱えなかった。見るからに、わらべ巻きだ。

「じゃあ、千吉から食べなさい」

おちよが小皿に取り分けてすすめた。

「いいの？」

わらべの顔が輝く。

「いいわよ」

母にそう言われた千吉は、右手を伸ばして寿司をつまんだ。

そして、口を大きく開けてもぐもぐと食べはじめた。

「どう？」

おちよの問いに、ひと息置いてから、千吉は元気よく答えた。

「おいしい！」

[参考文献一覧]

志の島忠『割烹選書　冬の献立』(婦人画報社)
志の島忠『割烹選書　春の献立』(婦人画報社)
志の島忠『割烹選書　夏の献立』(婦人画報社)
志の島忠『割烹選書　秋の献立』(婦人画報社)
志の島忠『日本料理四季盛付』(グラフ社)
料理・志の島忠、撮影・佐伯義勝『野菜の料理』(小学館)
金田禎之『江戸前のさかな』(成山堂)
岡田哲『たべもの起源事典　日本編』(ちくま学芸文庫)
松下幸子『図説江戸料理事典』(柏書房)
小倉久米雄『日本料理技術選集　魚料理上』(柴田書店)
小倉久米雄『日本料理技術選集　魚料理下』(柴田書店)

畑耕一郎『プロのためのわかりやすい日本料理』（柴田書店）
『人気の日本料理2　一流板前が手ほどきする春夏秋冬の日本料理』（世界文化社）
平野雅章『日本料理探求全書　しゅんもの歳時記』（東京書房社）
『道場六三郎の教えます小粋な和風おかず』（NHK出版）
中村孝明『和食の基本』（新星出版社）
土井勝『日本のおかず五〇〇選』（テレビ朝日事業局出版部）
土井勝『野菜のおかず』（家の光協会）
村田吉弘『割合で覚える和の基本』（NHK出版）
東林院・西川玄房『禅寺のおばんざい』（女子栄養大学出版部）
武鈴子『旬を食べる和食薬膳のすすめ』（家の光協会）
料理＝福田浩、撮影＝小沢忠恭『江戸料理をつくる』（教育社）
田中博敏『お通し前菜便利帳』（柴田書店）
車浮代『〝さ・し・す・せ・そ〟で作る〈江戸風〉小鉢＆おつまみレシピ』（PHP）
『一流料理長の和食宝典』（世界文化社）
『和幸・高橋一郎の酒のさかなと小鉢もの』（婦人画報社）
『和幸・高橋一郎の旬の魚料理』（婦人画報社）

原田信男校註・解説『料理百珍集』（八坂書房）
鈴木登紀子『手作り和食工房』（グラフ社）
『復元・江戸情報地図』（朝日新聞社）
今井金吾校訂『定本武江年表』（ちくま学芸文庫）
北村一夫『江戸東京地名辞典　芸能・落語編』（講談社学術文庫）
秩父札所連合会・編『秩父三十四所観音巡礼』（朱鷺書房）
金沢康隆『江戸服飾史』（青蛙房）
菊地ひと美『江戸衣装図鑑』（東京堂出版）
三谷一馬『江戸商売図絵』（中公文庫）
三谷一馬『彩色江戸物売図絵』（中公文庫）
新倉善之・編『江戸東京はやり信仰事典』（北辰堂）
歴史群像編集部・編『時代小説職業事典』（学習研究社）
西山松之助編『江戸町人の研究』（吉川弘文館）

時代小説
二見時代小説文庫

ここで生《い》きる　小料理《こりょうり》のどか屋《や》　人情帖《にんじょうちょう》15

著者　倉阪《くらさか》鬼一郎《きいちろう》

発行所　株式会社　二見書房
東京都千代田区三崎町二-一八-一一
電話　〇三-三五一五-二三一一［営業］
〇三-三五一五-二三一三［編集］
振替　〇〇一七〇-四-二六三九

印刷　株式会社　堀内印刷所
製本　ナショナル製本協同組合

落丁・乱丁本はお取り替えいたします。
定価は、カバーに表示してあります。

 ISBN978-4-576-15166-3
http://www.futami.co.jp/